UNIVERSALE
ECONOMICA
FELTRINELLI

Banana Yoshimoto (Tokyo, 1964) ha conquistato un grandissimo numero di lettori in Italia a partire da *Kitchen*, pubblicato da Feltrinelli nel 1991, e si è presentata come un autentico caso letterario. Dei suoi altri libri, tutti pubblicati da Feltrinelli, ricordiamo: *N.P.* (1992), *Sonno profondo* (1994), *Tsugumi* (1994), *Lucertola* (1995), *Amrita* (1997), *Sly* (1998), *L'ultima amante di Hachiko* (1999), *Honeymoon* (2000), *H/H* (2001), *La piccola ombra* (2002), *Presagio triste* (2003), *Arcobaleno* (2003), *L'abito di piume* (2005), *Ricordi di un vicolo cieco* (2006), *Il coperchio del mare* (2007), *Chie-Chan e io* (2008), *Delfini* (2010), *Un viaggio chiamato vita* (2010), *High & Dry: Primo amore* (2011) e *Moshi moshi* (2012), oltre ad alcuni racconti nella collana digitale Zoom (*Moonlight Shadow*, 2012, *Ricordi di un vicolo cieco*, 2012, *La luce che c'è dentro le persone*, 2011). Banana Yoshimoto ha vinto il premio Scanno nel 1993, il premio Maschera d'Argento nel 1999 e il premio Capri nel 2011.

BANANA
YOSHIMOTO

Il corpo sa tutto

Traduzione di Giorgio Amitrano

Titolo dell'opera originale
体は全部知っている
(KARADA WA ZENBU SHITTE IRU)

Traduzione dal giapponese di
GIORGIO AMITRANO

Prima edizione ne "I Canguri" giugno 2004
Prima edizione nell'"Universale Economica" aprile 2006
Ottava edizione agosto 2013

Stampa Nuovo Istituto Italiano d'Arti Grafiche - BG

ISBN 978-88-07-88078-0

Avvertenza

Per la trascrizione dei nomi giapponesi, è stato adottato il sistema Hepburn secondo il quale le vocali sono pronunciate come in italiano e le consonanti come in inglese. Inoltre si noti che:

ch è un'affricata come la c nell'italiano 'cesto'
g è velare come nell'italiano 'gatto'
h è sempre aspirata
j è un'affricata come nell'italiano 'gioco'
sh è una fricativa come nell'italiano 'scelta'
y non va letta come la y inglese ma come la i italiana

Il segno diacritico orizzontale posto sulle vocali ne indica l'allungamento.

Seguendo l'uso giapponese, il cognome precede sempre il nome (fa qui eccezione il nome dell'Autrice).

Per i termini giapponesi non di uso comune confrontare il Glossario in fondo al volume.

IL POLLICE VERDE

In treno avevo dormicchiato, e così avevo per metà la sensazione di sognare. Quando sentii il nome della mia stazione, scesi precipitosamente. Nell'aria pungente dell'inverno, il marciapiede sembrava ghiacciato. Mi strinsi bene la sciarpa e uscii dal controllo biglietti.

Salita in taxi, chiesi all'autista di portarmi all'albergo, ma lui disse di non conoscerlo. Ricordai che si trattava di un albergo nuovo, piccolo, probabilmente poco pubblicizzato, e così mi feci lasciare in una zona da cui avrei potuto facilmente raggiungerlo.

Tutt'intorno non c'erano altro che campi, e in lontananza si vedeva il profilo dolce delle montagne. Quando trovai una piccola insegna che indicava l'albergo, la seguii inerpicandomi per una stretta salita.

Ora che mi ero abituata al freddo, assaporavo con gioia l'aria pulita. Ero sempre più sveglia, e stavo cominciando a sudare un po' quando davanti a me percepii la presenza di qualcuno che conoscevo.

Era stato durante l'inverno precedente che era venuto fuori il discorso dell'aloe nella stradina davanti casa, cresciuto troppo e diventato di intralcio.

Mio padre, mia madre e io avevamo completamente dimenticato l'aloe che mia sorella più piccola aveva comprato per trecento yen e che, per mancanza di spazio in giardino, avevamo piantato accanto alla porta d'ingresso. Anche lei che, sotto l'influenza di una rivista o non so cosa, ci aveva continuamente ripetuto che "l'aloe cura tutto! Bisogna berlo, applicarlo sui brufoli", alla fine era guarita da questa fissazione e aveva smesso persino di occuparsene. Ma anche se non veniva innaffiato regolarmente e l'esposizione al sole non era molto buona, l'aloe era cresciuto. Anzi, era cresciuto anche troppo, fino a diventare in breve tempo una specie di albero che sporgeva invadendo parte della strada, e in più ricoperto di fiori rossi dalla forma sgradevole.

Ricordo bene quella volta. Mio padre, mia sorella e io eravamo intorno al piccolo tavolo di cucina nella casa dove eravamo nate e cresciute. Stava per cominciare una sera come tutte le altre.

Quando eravamo piccole, era quello il luogo della casa dove tutto si svolgeva. Lì cenavamo, litigavamo, guardavamo la tivù, mangiavamo i dolci che io e mia sorella avevamo comprato con i soldi di entrambe. Capitava che sul tavolo ci fossero la busta dei grandi magazzini con la biancheria intima della mamma e il pesce secco che avremmo mangiato quella sera per cena. Era lì che una volta il babbo era crollato addormentato per i postumi di una sbornia, lì che mia sorella, ai tempi delle medie, per la sua prima delusione d'amore aveva bevuto del vino tutto d'un fiato, si era ubriacata ed era scivolata dalla sedia battendo la testa. Quel piccolo rettangolo era il simbolo della nostra famiglia. Era un luogo che odorava di vita, tiepido, morbido, caldo. Da poco tempo mia sorella si è sposata ed è andata via, e il tavolo è sempre lì ma è raro che la famiglia vi si riunisca al completo. Adesso la mamma ci si siede spesso per lavorare a maglia guardando la televisione. E così, piano piano, il paesaggio si trasforma.

Quella sera mio padre disse: "L'aloe è cresciuto troppo, ho paura che dia fastidio al vicino quando va a prendere la macchina dal garage". Io e mia sorella facemmo finta di non sentire, che seccatura sarebbe stata doverlo trapiantare da qualche altra parte! "Se non ve ne occupate voi lo strappo e lo butto via" minacciò mio padre, ma noi rispondemmo: "Fai pure" e seppellimmo il naso nelle riviste.

Mentre si svolgeva questa scena, rientrò la mamma carica di sacchetti con la spesa fatta al supermercato vicino casa. Io e mia sorella la salutammo come al solito, senza neanche guardarla bene in faccia. Poiché non ci rispose, alzammo gli occhi e ci accorgemmo che era molto pallida. "Che hai?" chiese mia sorella.

"La nonna si era fatta ricoverare per una lombalgia, ma in ospedale le hanno trovato un cancro all'utero in uno stadio molto avanzato. Pare che da tempo soffrisse parecchio, ma non aveva detto nulla. Dicono che non si può nemmeno operare."

La nonna viveva da sola in un appartamento nelle vicinanze. Due giorni prima aveva detto di avere una lombalgia, e così mia sorella aveva tirato fuori l'automobile e l'aveva portata in ospedale.

I miei genitori sono entrambi figli unici, quindi abbiamo pochi parenti, e questo ci rende molto uniti. Così tutti, incluso mio padre, andavamo ogni giorno a turno in ospedale. Non era certo più il caso di stare a pensare all'aloe. La nonna fu dimessa dall'ospedale una volta, poi di nuovo ricoverata.

Un giorno preparai dei *dorayaki* di cui la nonna era golosa e glieli portai, ma la trovai che dormiva serena. Ne fui sollevata, dato che la mamma mi aveva detto che il giorno prima le aveva fatto una gran pena vederla piangere lamentandosi per i dolori alla pancia.

Quando vado in ospedale, nel momento stesso in cui entro nel portone avverto un disagio, un senso di agitazione, e vorrei subito andarmene via, ma dopo un po' che ci sto mi abituo. E quando ne esco, il mondo di fuori mi sembra troppo intenso. Mi stupisco delle auto che avanzano tutte insieme a un incrocio, del tono alto con cui parlano le persone, convinte che vivranno in eterno, del diluvio di colori. Poi, il tempo di arrivare a casa e mi ci sono abituata di nuovo. Mi rendo conto che questo andirivieni dall'ospedale mi fa sentire in una posizione particolare. Mi torna in mente la storia di Orfeo che lessi quando ero bambina. Non era riuscito a riportare indietro sua moglie che era diventata un'abitante del regno dei morti. L'odore era diverso. L'odore intenso che sprigiona la vita in quell'altro mondo si trasforma in un odore penetrante, nauseabondo, acuto. Viceversa, gli uomini detestano l'odore della morte. L'odore di morte che sprigionano le persone indebolite al sole si dissolve subito, come neve, eppure quel lieve odore, come muschio, lo si riesce a distinguere anche da lontano. Gli uomini hanno paura dei loro simili indeboliti. Suggestionati, credono sia la loro stessa vita che si va spegnendo. Anche se, quando ci si abitua, tra gli uni e gli altri non c'è nessuna differenza.

Mentre sistemavo i fiori nel vaso, mia nonna aprì gli occhi e disse:

"Chissà se le piante a casa mia staranno bene?".

Andavo a innaffiarle ogni giorno: la nonna amava le piante e ci teneva moltissimo. A vederle non è che avessero un aspetto molto attraente. Non erano bonsai, e non erano particolarmente pregiate. Gelsomini, cycas, un alberello con delle specie di fagioli, mimose e altre piante di poco prezzo... eppure ogni giorno, quando le innaffiavo, avevo la sensazione che cercassero spasmodicamente la nonna. Forse era solo la mia immaginazione: prima che nascesse mia sorella i miei genitori, che lavoravano entrambi, mi avevano affidato alla nonna e mi ero attaccata a lei in modo spudorato. La sua morte era per me inaccettabile. La nonna alla quale dormivo incollata quando mi sentivo sola. La nonna che si accorgeva prima di me quando qualche piccola ombra sfiorava il mio cuore e mi preparava il *tenpura* di patate dolci di cui andavo matta. Giorno dopo giorno, l'interesse della nonna si allontanava sempre più da questo mondo e da me. Il mio stato d'animo era simile a quello delle piante, che si sentivano abbandonate. Forse era per questo che avevo avuto quella sensazione. E mentre le innaffiavo, mi dissi, come per convincermi: È arrivato il momento in cui la persona che si è sempre preoccupata di voialtre e di me più che di se stessa, pensi finalmente a sé.

La nonna parlò un poco ma subito si riaddormentò. Quando le persone cominciano a dormire così ogni giorno, di colpo la loro presenza si assottiglia. Rendermene conto mi stringeva il cuore. E così anch'io prendevo parte a un evento che si ripeteva da sempre nella vita delle persone. Con la strana sensazione di guardarlo da lontano.

Ero ormai abituata a questa routine quando un pomeriggio, entrando nella stanza della nonna con delle pietanze che aveva cucinato mia madre, la trovai inaspettatamente sveglia.

"Sai, un tempo odiavo i ciclamini" disse.

"Sì, lo dicevi spesso. Anche a me non piacciono molto. Non so, danno una sensazione di umidiccio."

"Tu capisci le piante, ne sono sicura. Saresti portata per un lavoro che ha a che fare con le piante. Smettila di fare la hostess."*

La nonna era sempre stata contraria al fatto che io mi dedicassi a quel genere di lavoro. Le avevo spiegato che io non facevo la hostess, ma lavoravo al banco nel bar di mio padre, però era inutile: lei non ci vedeva nessuna differenza.

"Se lo dici tu, nonna, ci rifletterò. Ma perché parlavi dei ciclamini?"

"Vedi che lì ci sono dei ciclamini, vicino alla finestra? Adesso sono rimaste solo le foglie. Fino a poco tempo fa i

* La hostess intrattiene i clienti di bar, night-club ecc., chiacchierando e versando loro da bere. Le sue mansioni, a seconda dei casi, oscillano tra quelle della cameriera e quelle della entraîneuse. [*N.d.T.*]

fiori spuntavano in continuazione. Me li ha portati la Nakahara. All'inizio mi sembravano fiori tristi. Non mi sono mai piaciuti, se sbagliavo a dargli l'acqua si afflosciavano subito e quei grossi gambi simili a vermi li trovavo orribili. Ma dopo essere venuta qui, avendo più tempo a disposizione, ho cambiato idea. Quei gambi servono per assorbire l'acqua. A vedere come, dopo averli innaffiati, i fiori sollevano la testa con tutte le loro forze per ricevere il sole, penso: Siete vivi, eh, voialtri! A guardarli non ci si annoia. È questa la bellezza di avere del tempo. Adesso che ho fatto amicizia con i ciclamini, sento che sarò capace di curarli anche quando sarò da quell'altra parte."

"Non dire così."

Ci sarà un posto dove si va solo dopo che le cose che abbiamo detestato hanno cominciato a piacerci? Questo pensiero mi stringeva il cuore.

Fu in primavera che la nonna perse quasi del tutto conoscenza. Circa una volta ogni tre giorni ritornava in sé ma riusciva a parlare ormai pochissimo. Ci salutava, dicendo i nostri nomi.

Quella sera, le tenevo stretta la mano. Era fredda. L'ago della flebo le aveva procurato un livido, e io continuavo a fissare quello strano colore bluastro. Provavo tenerezza perfino per la saliva che le si era seccata bianca agli angoli della bocca. Tutt'a un tratto la nonna disse:

"L'aloe... dice... di non tagliarlo".

La sua voce era flebile e spezzata, e all'inizio non capii cosa volesse dire.

"L'aloe... all'ombra del parcheggio... è schiacciato dalle macchine... soffre... dice..."

E poi:

"Guarisce i brufoli, le ferite, fa crescere i fiori, perciò non tagliatelo".

La nonna disse queste frasi un poco alla volta, tra sogno e realtà, come se stesse ripetendo le parole pronunciate da qualcuno. Ebbi un brivido. Perché l'ho sentita solo io? mi chiesi.

"E poi, sai, io penso che tu capisca questa sensibilità. Le piante sono così. Se aiuti una sola pianta di aloe, da quel momento in poi, in qualunque posto andrai, tutte le piante di aloe che vedrai ti avranno in simpatia. Le piante sono in contatto tra di loro, sono tutte compagne."

La nonna disse questo in un unico filo di voce, quindi si addormentò.

Subito dopo arrivarono mia madre e mia sorella per darmi il cambio, ma io non riuscii a raccontare ciò che era avvenuto. Non mi uscivano le parole, come se avessi la gola bloccata. "Allora io vado" dissi, e lasciai l'ospedale. Fuori il cielo era limpido, ed era spuntata la luna. Le persone si affrettavano verso casa con un'espressione gentile sul viso. I fari delle auto illuminavano le strade buie come in un paesaggio visto in sogno. Arrivai in silenzio a casa della nonna, dissi: "Scusate, ho fatto tardi" e mi misi a innaffiare le piante. Quando accesi la luce, tutta la piccola esistenza della nonna, che era iscritta in ogni angolo della sua casa, affiorò alla luce bianca della lampada al neon. I soffici cuscini per terra, un vasetto di cristallo. Il pennello e la vaschetta per sciogliere l'inchiostro, un grembiule bianco accuratamente piegato. La teca di vetro con allineati i souvenir comprati durante i viaggi all'estero, carichi delle emozioni di paesi stranieri, gli occhiali, i libri in edizione economica, un piccolo orologio d'oro. L'odore della nonna, come di vecchia carta. Straziata, spensi la luce. E in quel momento vidi che le piante dall'altra parte del vetro respiravano. Erano di un verde vivo, che sembrava incorniciato dalla luce della luna. Le goccioline d'acqua dell'innaffiatura di poco prima brillavano. Nel buio rimasi seduta immobile sul *tatami* a guardarle, e gradualmente cominciai a sentirmi un po' meglio. Quelle erano le semplici tracce di una persona che aveva vissuto, e mi ero resa conto che non erano né tristi né dolorose ma anzi buone, felici. Mi sembrò che le piante mi avessero comunicato che non si deve giudicare in base alla prima impressione, quella ricevuta guardando con occhi annebbiati dalla tristezza. Belle creature che vivono semplicemente cercando il sole, l'acqua, l'amore.

Tornata a casa, invece di passare dalla porta principale, aprii con la chiave il cancello del giardino, andai nel ripostiglio e tirai fuori vanga e carriola. Poi tornai all'ingresso e con cura sradicai dalla terra la pianta di aloe. Con tutte le radici era diventata di una grandezza enorme, e le spine mi pungevano le mani nude, ma riuscii a trasportarla e la piantai in un punto del giardino che di giorno era ben esposto al sole. Illuminato dalla luce vaga della grande luna di primavera, l'aloe, che si era sporcato di terra bagnata nel corso del trapianto, emanava energia vitale. Vorrei poter dire che la pianta, diventata umana, esclamò "Grazie", ma non fu così: era semplicemente viva e piena di energia, tendeva le radici in diverse direzioni, e aveva allargato le foglie. E io ancora una volta ebbi la sensazione di avere ricevuto un po' di forza.

La nonna morì, ci fu il funerale, e io decisi, continuando a lavorare, di frequentare una scuola specializzata per aprire un negozio di fiori. Era il futuro che avevo immaginato, giudicando un po' difficile per me riuscire ad aprire un vivaio. Volevo diventare una fiorista di quelle che danno un tocco di colore alla vita normale di case normali. La nonna diceva sempre che per comprare i fiori non ci voleva disponibilità di denaro ma di spirito. Quando riferii a mio padre quali erano state le ultime volontà della nonna, mi promise: "Siccome prima o poi mi ritirerò dal lavoro e ti lascerò il bar, tu potrai trasformarlo in un negozio di fiori". Nel frattempo però avrei dovuto lasciare il lavoro attuale, fare un po' di tirocinio presso qualche fioraio e imparare la disposizione dei fiori. A cambiare lavoro di punto in bianco si incontrano un bel po' di difficoltà, ma pensai che avendo una base avrei potuto darmi da fare, e così decisi di procedere. Se uno si impegna assiduamente ogni giorno, le strade si aprono. Non c'era altro da fare se non riprendere i ritmi di quando avevo studiato per diventare barista. Ma le ultime parole della nonna continuavano a risuonarmi nelle orecchie. Per quanto mi voltassi indietro, la persona che ero stata prima, quella infantile e carina che oziando senza pensieri attorno al tavolo di casa aveva trattato con indifferenza la vita della pianta di aloe, non poteva più tornare. Quando un giorno fossi morta, avrei voluto lasciare anch'io una stanza pulita come quella della nonna, non importava se sarebbe stata piccola e se ci sarei stata da sola. La stanza di mia nonna quella sera, abitata da piante che avevano ricevuto tanto amore, non abbandonava più la mia mente.

Io e mia sorella saremmo dovute partire insieme per una vacanza a lungo attesa, ma lei aveva dovuto rinunciare perché al marito era venuta la febbre, e così mi misi in viaggio da sola. E adesso ero lì, su quella montagna, e percepivo una presenza. Era il primo inverno dopo la morte della nonna, ma sembrava un fatto lontano, come se fossero passati anni. La luce arancione del tramonto invernale era così intensa da fare quasi male, e mi guardavo intorno con gli occhi socchiusi. Avevo la sensazione di essere avvolta da qualcosa di caldo e familiare, da uno sguardo dolce.

Quasi mi aspettavo di vedere da un momento all'altro il fantasma di mia nonna. Avrei tanto voluto incontrarla, fosse stato pure in forma di fantasma. Ma quello che vidi, nel giardino di una piccola casa rurale, furono soltanto innumerevoli piante di aloe, talmente tante da lasciare senza fiato, che crescevano fitte come in una giungla.

Ricevevano il sole e sembrava volessero dirmi qualcosa. Alte, aprivano le loro foglie carnose e acuminate nel cielo invernale, sovrapponendosi l'una all'altra, piene di fiori rossi e ruvidi, come volessero trasmettere la loro gioia di vivere. Avvolta nell'affetto dell'aloe, ebbi la sensazione di essere stata riscaldata nella luce del sole. È così? pensai, è così dunque che si crea il contatto? Per quanto mi riguarda, ogni volta che avessi visto un aloe, dovunque fosse stato, mi avrebbe certamente messo in contatto con qualcosa di caldo e di dolce. Ogni aloe era amico dell'aloe che avevo trapiantato quella notte. Pensai che in questo modo avrei comunicato con tante piante, stringendo legami come si fa con le persone. Ciò che avevo ereditato dalla nonna, quella energia utile che potrebbe anche sembrare una sorta di fede senza fondamento, era quella che in genere chiamano "il pollice verde". Se avevo questo talento, le piante avrebbero fatto brillare la loro vita nel mio braccio in tutta la sua forza. E così anch'io e le persone che facevano questo lavoro saremmo stati tutti collegati.

Mi tolsi il guanto e accarezzai dolcemente quelle foglie che, acuminate com'erano, un tempo detestavo e che trattavo con indifferenza utilizzandole solo per l'abbronzatura. Il loro verde brillava come pietre preziose, e le foglie erano morbide e fresche come seta. Rinvigorita come se avessi stretto la mano a una persona, mi avviai su per il sentiero di montagna.

BARCA

"Allora, le dirò l'unico ricordo presente nella mia memoria che mi turba. Ci sono io che vado in un parco, vedo una fila di barche, ma a quel punto provo sempre una sensazione insostenibile, e non riesco a ricordarne che dei frammenti" dissi.

"Questa sensazione insostenibile è di tristezza, di dolore? Se così fosse, il problema non andrebbe affrontato in modo sbrigativo, e ci limiteremo solo a parlarne."

"No, è una sensazione di gioia struggente, che mi fa desiderare di ricordare meglio. Riesco a ricostruire la scena a grandi linee, ma ho la sensazione che ci sia stato qualcosa di importante, magari legato a un semplice dettaglio. Penso che il ricordo risalga al periodo in cui da piccola mi separai per sempre da mia madre. Ma al mio paese la maggior parte degli eventi si svolgeva in quel parco, quindi diverse cose si mischiano, e la successione temporale è confusa, e per questo ricordo solo in modo frammentario."

"Va bene, provi a chiudere gli occhi. Adesso respiri regolarmente. Continui a restare cosciente, ma quando glielo dirò io, cominci piano piano ad andare indietro nel tempo" disse la dottoressa.

Per accompagnare un'amica che aveva avuto un leggero esaurimento dovuto al troppo lavoro, mi trovai a frequentare lo studio di una dottoressa specializzata in terapia dell'ipnosi. La mia amica voleva che andassi sempre con lei, quindi anch'io, in quei mesi nei quali la aspettavo lì ogni volta, finii per conoscere bene la dottoressa. Dato che la mia amica fissava sempre l'appuntamento sul tardi, e che la dottoressa, una signora di mezza età, era un'amica di sua madre, finita la seduta prendevamo spesso un tè tutt'e tre insieme, chiacchierando. E fu così che, prendendo spunto da una mia domanda, buttata lì per caso, su quello che si poteva fare con la ipnoterapia, decisi di approfittare dell'occasione, la prossima volta che fossi andata, per indagare su una cosa che mi stava a cuore.

Andando a ritroso nel tempo, arrivai a quando avevo sei anni. Mi sentivo il corpo pesante e la mia voce risuonava ovattata e lontana.

"Hai sei anni. C'è qualcosa che ti turba, collegato a delle barche? Riesci a vederle?"

A occhi chiusi, in quello stato di intorpidimento simile a un sonno leggero, la prima cosa che vidi affiorare nella mia mente furono delle barche che galleggiavano sull'acqua di notte e ondeggiavano cigolando. Poi, con forza inaspettata, nel buio dietro le mie palpebre, tutt'a un tratto apparve un paesaggio bellissimo, che non sembrava di questo mondo.

La superficie dell'acqua dove si riflettevano tante luci... era un laghetto. Sulla sponda erano allineate alcune barche, che ondeggiavano lievemente al vento. La riva era ricoperta da fiori di loto, e qui e là nel buio si aprivano i loro grandi fiori rosa. Se ne vedevano molti, fino alla riva opposta, in lontananza. Nel cielo brillava minuta la luna. La bellezza del rosa di quei petali incredibilmente delicati si imprimeva con tanta forza nello sguardo che tutto il resto del campo visivo appariva sfocato.

"Il paradiso dev'essere un posto così."

A dirlo era stata la persona che mi teneva per mano.

"Sì, mamma" risposi, sollevando lo sguardo verso di lei.

Ricordai chiaramente quel viso che avevo quasi dimenticato. Grandi occhi volitivi, il naso pronunciato, come quello di una straniera. Un abito strano, tutto colorato, orecchini... aveva sempre un odore dolce di alcol.

Poi, mentre seguivo le istruzioni della dottoressa, la scena gradualmente si allargò, e le sensazioni di quel momento tornarono a rivivere in me con dolorosa chiarezza. Così finalmente riuscii a ricordare tutto di quella notte.

Quando finì l'ipnosi, il cuore mi batteva forte ed ero quasi in lacrime.

Perché l'avevo dimenticato? pensai. Avevo cancellato tutto come non fosse mai accaduto.

Riemergendo da un lungo silenzio che aveva preoccupato la mia amica e la dottoressa, infine dissi: "Grazie di avermi aiutato a ricordare. Era un ricordo molto prezioso".

Il paese dove si trova la mia casa paterna non è un posto particolarmente famoso ma ha un piccolo castello, con intorno un parco, e nel parco un laghetto. Se si guardava la sagoma del castello dal laghetto l'effetto era curioso, perché uno non capiva più in che epoca si trovava. Anche se nell'acqua si riflettevano le luci al neon, in lontananza si vedeva solo la torre del castello con la luna sullo sfondo. C'erano anche bancarelle che vendevano crêpes e altro.

Il laghetto dei miei ricordi era quello.

Conservavo chiaramente memoria del giorno in cui era arrivata la mia nuova mamma, e lo ricordavo spesso. Le volevo molto bene. Al punto che nei momenti più duri dentro di me la chiamavo mamma. Pensavo sempre a come sarebbe stato bello se lei fosse stata la mia vera mamma. Perciò ricordo bene il giorno in cui questo desiderio si avverò. Il babbo e io aspettavamo su una panchina di fronte al laghetto. Era un freddo giorno d'inverno. Avevo sette anni, e aspettavo con le mani in tasca, dondolando i piedi. Mio padre era teso, sulle spine. Ma cercava di nasconderlo, fingendosi calmo e forte. Mentre aspettavamo, aveva bevuto dell'*amazake*. Era molto caldo, di un bianco opaco, e dolce. Che buono... pensai. C'era aria di neve, il cielo brillava cupo e il mio viso era freddo.

La nuova mamma venne correndo verso di noi. Aveva un cappotto arancione e i suoi passi risuonavano nella corsa. Mio padre era terribilmente teso. In mezzo al laghetto non c'era neppure una barca, e la superficie dell'acqua era calma. I vetri degli edifici, che riflettevano il cielo che brillava cinereo, avevano una strana tinta. I piccioni passavano in volo e si allontanavano.

Il babbo e la nuova mamma si salutarono brevemente.

Poi lei strinse la mia mano fredda e disse:

"Diventerò la tua vera mamma, Miyo. Questa volta per davvero".

Penso che avesse detto così perché una volta l'avevo messa in serio imbarazzo dicendole tra i singhiozzi: "Se non diventi la mia mamma vera non ti vorrò più bene". In quel momento, vedendo che gli occhi della nuova mamma traboccavano di lacrime, anch'io cominciai a piangere. Restammo lì a piangere tutt'e due a lungo. Non riuscivo a smettere, tanto che mi venne il mal di testa. Ricordo che, in quell'aria gelata, solo le lacrime e le nostre mani intrecciate erano calde. Attraverso gli occhi bagnati di pianto, il paesaggio sembrava più vicino. In quel momento i piccioni, il castello, il laghetto, le barche, tutto diventò mio. Anche i sassolini ai miei piedi mi erano molto familiari. Tutto sembrava dirmi che non avevo più bisogno di fare tanti sforzi. Ormai avevo raggiunto il limite.

"Saremo felici insieme?"

"Sì, saremo felici!"

Ricordavo tutto, perfino il cappotto marrone di mio padre in piedi, che guardava imbarazzato, facendo finta di non vedere, la bambina e la sua nuova mamma che si scambiavano giuramenti.

Eppure avevo dimenticato la mamma, da cui mi ero separata in quello stesso posto.

Ero stata rapita da mia madre, che mi aveva tenuta con sé per alcuni giorni.

Essendo alcolista, le era stato detto che non aveva i requisiti per avere il mio affidamento, così era scappata portandomi con sé.

Questo lo ricordavo bene. Mi aveva portato in un albergo termale, il più lussuoso della regione, e lì per tre giorni e tre notti avevamo mangiato, bevuto e fatto il bagno. Ogni sera mia madre mi diceva piangendo: "Resta con la mamma, che ti farà sempre fare questa vita". Io rispondevo: "Starò lo stesso con te, mamma, non c'è bisogno di fare questa vita".

La sera dell'ultimo giorno di viaggio la mamma, per aver bevuto troppo per alcuni giorni di seguito, cadde nel bagno. Il babbo fu avvisato, e fummo rapidamente scoperte. "Stai tranquilla, ti permetterò di vederla quando vorrai..." le diceva mio padre al telefono. Ricordo la tristezza con cui, dal mio soffice *futon*, guardavo la figura di mia madre di spalle che annuiva come una bambina. Poi si infilò nel mio *futon* e pianse disperatamente. Mi ripeteva: "Vorrei stare sempre con te, non mi vorrei separare da te nemmeno per un'ora, ti voglio bene come a una parte del mio corpo". Il suo fiato che puzzava di alcol e i capelli bagnati mi davano fastidio, ma mi sembrava incredibile il fatto che non avrei potuto più incontrarla, non avrei più potuto vivere con lei, quando adesso mi era così vicina che mi bastava allungare la mano per toccarla, potevo fare il bagno con lei e farmi lavare, e solo poco prima ci eravamo scambiate i piatti durante la cena. Mi sembrava incredibile che lo stato avesse deciso una cosa simile, e che la nonna, così buona, l'avesse approvata.

E poi l'ultima sera, in quel parco, la mamma e io ci separammo sotto gli alberi di ciliegio tutti verdeggianti di foglie estive. Si sentiva l'odore dell'acqua. Assomigliava un po' all'odore del mare.

"Miyo, vieni qui" mi chiamò la mamma dall'oscurità.

La sua ombra sembrava galleggiare tra il verde. Poi, prendendomi la mano e stringendomi a sé, oltrepassò alcune barche che erano lì ancorate, e raggiunse quella che era più vicina al centro del laghetto.

La barca era legata, quindi era impossibile remare, ma mentre eravamo sedute lì una di fronte all'altra, avevo la sensazione che la superficie del lago avanzasse. Ogni volta che la barca oscillava leggermente per il nostro peso, delle piccole onde si propagavano sull'acqua. I fiori di loto si susseguivano come in un sogno. Le foglie sembravano avere i palmi delle mani aperti verso il cielo. Pensavo che avrei voluto diventare piccola piccola e scomparire così, in quel momento, in mezzo a quel susseguirsi di fiori. Odiavo il paesaggio della separazione, che feriva il mio cuore di bambina.

Più la notte diventava bella, più mi sentivo triste.

La barca oscillava con un cigolio. Il vento estivo attraversava la superficie dell'acqua dolcemente, come se la leccasse.

"La mamma, sai, va da una persona a cui vuole bene. E a quella persona piacciono le pistole" disse la mamma.

In una mano teneva una bottiglia di grappa. Era il liquore che beveva sempre. Ricordando l'etichetta con uno strano disegno, quando sono diventata grande ho scoperto che quella bevanda che la mamma mandava giù come se niente fosse, direttamente dalla bottiglia, era grappa.

"Le pistole?"

Per quanto bambina, pensai: Questo non va.

La mamma sorrise.

"Non è che gli piaccia uccidere le persone, gli piace solo sparare. Ha detto che gli piace perché quando prende in mano una pistola, grazie al suo peso, in un lampo pensa alle cose della vita. Dice che quando spara viene attraversato da una scossa, e in quel momento capisce la vita sua e quella degli altri. E dice che vuole vivere senza dimenticare nemmeno per un istante quella sensazione. Non avevo mai incontrato prima uno che pensasse alla vita così seriamente, perciò sono rimasta impietrita. Sai, le altre persone non capisco nemmeno se sono vive o morte."

"Non ti vedrò più, mamma?"

"Ho pensato di andare alle Hawaii con quel signore e di mettere su una bancarella di crêpes. Vieni a trovarci. Quando sarai grande. Quando vorrai. Ti cucinerò gratis delle crêpes dolci dolci. Mi vanterò con i vicini dicendo: Questa è mia figlia. E poi non farò mai altri figli oltre a te. Ho deciso. Sarai tu l'unica bambina della mamma."

L'idea delle crêpes era probabilmente nata lì per lì, guardando la bancarella con la scritta "Crêpes", che nel frattempo aveva spento le luci, ma a proposito dei bambini parlava sul serio. I suoi occhi che brillavano mi facevano paura. In quei momenti la mamma era sempre seria. Erano gli stessi occhi di quando aveva colpito papà col coltello da cucina, e di quando mi aveva picchiata, per una bugia che le avevo detto, fino a farmi sanguinare il naso.

"Hmm" feci annuendo.

Restammo a lungo nella barca senza parlare. Restammo in silenzio per tutto il tempo, fino a quando non potei più trattenere la pipì. Continuavo ad assaporare intensamente quella bella notte, quasi come per farmi del male. Non so perché, pensavo con forza che dovevo ricordare tutto. Sicuramente in quel momento i miei occhi emanavano una luce identica a quella degli occhi di mia madre.

"Non ti dimenticare mai della mamma. Ma non guardare mai indietro, al passato" disse.

Oltre il suo profilo nitido, si vedevano i fiori di loto e il castello. In quella piccola città non c'era posto per una donna come lei. Io lo capivo. Come quelle barche legate lì, sarebbe marcita e sarebbe morta. Lo sentivo.

Piangendo, la mamma telefonò al babbo. La cabina telefonica risplendeva nel buio. La schiena della mamma che piangeva era curva. Il laghetto, i fiori di loto, l'acqua scura, la superficie splendente del laghetto, i neon, la sagoma del castello... era tutto troppo bello, il mondo troppo grande. Mi sembrava che il cuore mi scoppiasse.

"Il papà ha detto che viene a prenderti" disse la mamma tra i singhiozzi, e mi abbracciò.

Le nostre guance si toccarono, calde. A causa della notte calda e umida, la camicia era impregnata di sudore. Vi era un odore intenso, in cui si mischiavano acqua e vegetazione. Ma la mamma non mi teneva stretta, il suo abbraccio mi circondava come un grande anello. Come ali che proteggono un uovo.

Poi, piangendo, si diresse verso l'uscita del parco e, barcollando, si allontanò in fretta senza voltarsi indietro. Avrei voluto seguirla. Ma andare alle Hawaii insieme a lei e a quell'uomo cui piacevano le pistole non faceva per me. Volevo vivere una vita tranquilla. Anch'io a dire la verità ero stanca della mamma non meno di quanto lo era mio padre. Eppure, avrei voluto seguirla. Buttare via tutto e attaccarmi stretta a lei. Avrei voluto gridare. Non mi uscivano lacrime. La luna era sospesa in cielo. Quando la luna scomparirà e verrà il mattino, tutto sarà passato! pensai. Dio, ti prego, ferma il tempo. L'odore della mamma aleggiava ancora nell'oscurità. Nell'oscurità galleggiavano i boccioli ancora chiusi dei fiori di loto. Che resti tutto così, ti prego.

Da quel momento in poi non riuscii in nessun modo a ricordare nulla.

Pare che, a causa dell'angoscia e della intensità di tutte

quelle esperienze, per qualche tempo io abbia smesso di parlare, sia stata ricoverata in ospedale e abbia dovuto prendere delle medicine.

Quando, dopo aver ricordato, uscii con la mia amica da casa della dottoressa, era già notte.

"È stata una cosa che ti ha fatto piacere ritrovare?" chiese la mia amica, dimentica del suo esaurimento, mentre camminavamo in quella strada residenziale. Per metà era curiosa, per metà si sentiva responsabile. Ma il suo sguardo era affettuoso.

"Sì, era un piccolo ricordo insieme a mia madre da cui mi sono separata quando ero bambina."

"Cosa fa adesso?"

"Non lo so..."

"Che tipo di persona era?"

"Era bella."

"Ma pensa... io ero convinta che la tua mamma attuale fosse la tua vera madre."

"È come un'amica intima. Fanno quattro anni che mi sono iscritta all'università e sono venuta a vivere qui, e ci parliamo al telefono tutti i giorni. E quando litiga con mio padre viene a dormire a casa mia."

"Cose del genere sono rare."

"Be', siamo persone mature" dissi.

Mi succedeva ogni tanto, quando ero in mezzo alla natura, di pensare: Che strano, è come se fossi stata abbracciata da qualcosa di morbido. La sensazione di un uovo che viene avvolto con delicatezza. Adesso capivo la ragione. Pensai: Dopo aver ritrovato questi ricordi, forse potrò percepire il mondo più vicino e più vivo di come è stato per me fino a ora.

Il ricordo di una barca che galleggia sulla superficie dell'acqua scura, il ricordo di una donna che mi abbracciava dolcemente, come se avvolgesse un uovo.

IL SOLE AL TRAMONTO

La peggiore era stata quella volta delle immersioni subacquee. Era andato a Saipan a prendere il brevetto ed era stato via per sei mesi.

Se si fosse trovato una moglie sul posto mi sarei rassegnata, e invece mi aveva invitata a raggiungerlo. L'idea sembrava divertente così sono andata e siccome sono rimasta lì senza far niente, ho finito con l'abbandonare il lavoro da hostess che stavo facendo in quel periodo, anche se era ben pagato e in un locale dove mi ero ambientata e mi sentivo a mio agio... Lui aveva questo tipo di fascino. A stare con lui finivo col convincermi che la mia vita, quella piccola vita solo mia che col tempo avevo creato insieme ai miei clienti più affezionati, alla gentile padrona del locale e alle altre ragazze, non avesse più nessuna importanza, e passavo le giornate in una specie di stato di ebbrezza. Anche quella volta, benché non avessi nessun interesse per le immersioni subacquee, chissà perché le giornate mi sembravano infinitamente piacevoli, il cielo più azzurro e il mare più sconfinato e splendente. E così restando lì ancora un giorno, e poi un altro ancora, ho finito col mettere da parte la vita che un pezzettino alla volta mi ero costruita.

Prima di allora si era trasferito in Hokkaidō, e ancora prima c'era stata la mountain bike, poi era finito a Yamagata per seguire un maestro di calligrafia, e si era fatto anche monaco in Thailandia. E ogni volta che si trovava in uno di questi luoghi, quando aveva la sensazione "che gli mancasse qualcosa", chiamava me. Anche la persona che segue sceglie di farlo, ma da quando avevamo sedici anni fino a ora che ne abbiamo venticinque questo schema si è ripetuto e lui è diventato uno strano personaggio capace di fare un po' di tutto e io una donna nullafacente e bizzarra.

Qualche volta penso: Ultimamente si sta calmando, oppure: Fino a che non troverà qualcosa di nuovo ci godremo un momento di pace... e allora faccio un piccolo sogno. Sogno che mettendo a frutto le conoscenze che ha acquisito finora possa decidere di fermarsi da qualche parte e di concentrarsi finalmente su una cosa sola. Sarebbe un po' noioso, credo. Non ci succederebbe più di andare in posti sconosciuti, vedere nuovi paesaggi, incontrare gente strana. Ma sarebbe un sollievo.

In questo sogno a occhi aperti lui dice: "Basta, sono stanco, ho fatto la mia scelta", decide di trovarsi un lavoro fisso, firma il contratto per una casa, mette radici.

Io trovo finalmente la pace, posso guardare televisione e videocassette, incontrare persone. Quello che mi dava il batticuore più forte era, nei periodi di calma in cui facevamo delle cose insieme, il momento in cui lui faceva una nuova scoperta. Diceva che tanto un giorno o l'altro ci saremmo sposati, ma già il solo fatto di spiegare a mio padre, uomo di provincia, che il mio fidanzato non aveva nemmeno deciso che lavoro avrebbe fatto era fuori questione.

In quel periodo, poiché da qualche tempo stava nella mia casa di Tōkyō senza fare nulla, dissi che mi sarebbe piaciuto andare in Australia utilizzando i punti accumulati con i viaggi aerei. Lui poteva fare le immersioni e io sarei andata a guardare tranquillamente i delfini o qualcosa del genere.

Ed è lì che ci fu il suo incontro con il surf.

Nacque tutto quando, il primo giorno, in albergo vide alla televisione via cavo un documentario sportivo. La sua espressione mentre guardava il programma non mi diceva niente di buono. Qualcosa dentro di lui era già scattato.

Affascinato dalla vita dura dei surfisti mostrata dal programma, se ne uscì con la sua frase di rito: "Questa sì che potrebbe essere vita!" e il giorno dopo, buttandosi a capofitto nella sua strada di eterno dilettante, si unì a un tour di surfisti principianti. Anch'io lo seguii ma al secondo giorno ero già scoraggiata. Tuttavia restai con il gruppo, mi feci un sacco di amici e ancora una volta rimasi affascinata dalla sua capacità di concentrazione e dalla rapidità dei suoi progressi. Osservandolo capivo che per imparare una cosa per la prima volta, più del tempo impiegato, più della stessa concentrazione, è importante avere un obiettivo ben chiaro e continuare a perseguirlo. Nei momenti di impasse la tecnica di base aiuta, poi quando si progredisce si va oltre la tecnica, e contano la forza e l'esperienza. Era un piacere vederlo, mentre perseguiva frenetico questo scopo: avvicinarsi al risultato ideale nel minor tempo possibile. Sono riuscita ad assistere a diversi momenti quasi miracolosi. Momenti tali da farmi pensare che forse Dio ama gli esseri umani, momenti in cui faceva prodezze tali da farmi chiedere: È giusto sfidare così i propri limiti? Questi attimi si manifestavano esattamente con lo stesso grado di probabilità che lui provocasse degli incidenti o che facendo qualcosa di troppo azzardato rimanesse ucciso.

Come al solito, io mi stancai subito di tutto e passavo intere giornate a guardare il mare. Quando il sole si spostava da sud a ovest nel cielo appariva qualcosa di speciale. I colori, le gradazioni della luce, tutto dipingeva il mondo con una freschezza da togliere il respiro. Quella trasformazione possedeva una tale ricchezza di sfumature che più la guardavo e meno potevo staccarne gli occhi, fosse pure per un attimo. Non mi veniva mai a noia, ne ero totalmente assorbita.

Lui tornava in camera, dormiva un poco, poi andavamo a qualche bancarella a buon mercato nelle vicinanze o a qualche festa in camera di compagni di surf, mangiavamo qualcosa e andavamo a dormire presto. I giorni passarono in un baleno, finimmo i soldi e tornammo in Giappone, ma era evidente che o prelevando tutti i soldi che aveva o dandosi da fare come un pazzo per metterne da parte altri, sarebbe comunque andato al più presto in qualche posto dove poteva fare surf.

Quel giorno avevo preso un taxi e stavo andando a incontrare un'amica. Ero in pieno sconforto, mi dicevo che non sarei mai dovuta andare con lui in Australia. Non riuscivo a pensare ad altro. Fino a quando andrà avanti questa storia? Sono stufa, faremmo meglio a lasciarci. Cosa è meglio tra stare con un uomo terribilmente infedele e uno che ti costringe a seguirlo come pare a lui in una vita dove non c'è nemmeno il tempo di pensare all'infedeltà?

Giunti all'altezza di un grande santuario shintoista, rimanemmo bloccati nel traffico. Il sole al tramonto che si rifletteva sul verde fitto inondò l'auto tingendo tutto l'interno di arancione. Le foglie brillavano dorate e la luce era così abbagliante da non riuscire a vedere più niente.

Non so perché, fui presa da un desiderio lancinante di andare al mare. Quei giorni così intensi, la gioia di vivere insieme a persone sempre concentrate su qualcosa. Giorni vissuti nell'abbraccio della natura, con uno scopo, in cui si sa con chiarezza perché si è lì. Quello stile di vita senza che me ne accorgessi era diventato parte di me, e questo mi faceva molta rabbia.

Poi un pensiero tutt'a un tratto si formò affiorando alla mente. Anzi, più che dalla mente ebbi la sensazione che fosse sorto dal corpo.

Sono incinta!

Il pensiero si materializzò quasi come se le lettere fossero stampate a una a una dentro di me.

"Accidenti!" esclamai senza accorgermene.

"Ha detto qualcosa?" chiese l'autista.

"No, niente" risposi.

L'ingorgo si sciolse, la macchina riprese a camminare, poi acquistò velocità dirigendosi verso il centro della città. Il paesaggio si mosse, il sole al tramonto scomparve, lasciando come unica traccia lo scintillio delle finestre su alcuni edifici lontani.

Ora che ci pensavo, non avevo avuto le mestruazioni, e soprattutto c'era quella sensazione di prima, così perentoria, venuta dal fondo delle mie viscere, quella sensazione che fosse cominciato qualcosa... ma sapevo che lui si sarebbe fatto vivo per dirmi che era all'estero, o che stava per partire, una delle due. Se io fossi stata incinta magari avrebbe tirato fuori qualcosa di assurdo come: "Diventerò un surfista professionista per il bambino che hai nella pancia". Naturalmente a lui manca qualcosa. Ma anch'io, allo stesso modo, ho i miei scompensi.

A riprova di questo, cominciavo a sentirmi sempre più felice. Nonostante non ci fosse niente di divertente, un soffio selvaggio di vita mi spingeva verso l'alto. L'istinto mi incitava: Godi! E io non potevo fare a meno di sentirmi felice. Mi interessa, perciò lo avrò questo bambino! Dove lo farò nascere non so, ma lo avrò. Avevo voglia di vedere come avrei reagito a questa esperienza. In ogni caso vediamo cosa succede, sussurrai dentro di me, e nel taxi che correva tra le strade di sera, mi accarezzai dolcemente la pancia.

FARFALLA NERA

Quel giorno ero andata a fare una gita in auto con un'amica, e avevamo deciso di fare colazione sulla spiaggia.

Fermammo la macchina e ci incamminammo lungo lo stretto sentiero che costeggiava il mare. Era una giornata caldissima, una pausa di sereno nella stagione delle piogge, e il sudore ci bagnava schiena e ascelle. A un certo punto, nel guardare la figura di spalle della mia amica, che mi precedeva, sullo sfondo di un cielo dall'azzurro molto intenso, ebbi la sensazione di ricordare qualcosa. Proprio allora lei disse:

"Ah, il mare! Però ci sono più sassi di quanto immaginassi, temo che sarà difficile sedersi".

In quel momento la raggiunsi e vidi la spiaggia. Era una distesa di sassi rotondi, più che grigi quasi neri, oltre la quale si stendeva il mare deserto, lontano e sfocato, in mezzo al quale sorgevano alcuni impervi isolotti di rocce ricoperti di vegetazione, sciacquati dalle onde. Il colore del mare era azzurro, e la superficie dell'acqua si increspava in miriadi di triangolini appuntiti. Era un paesaggio piuttosto desolato. C'era però in quella solitudine qualcosa di nitido che in qualche modo affilava i sensi. L'atmosfera era diversa da quella rilassante delle spiagge cosparse qua e là di lattine, piene di famiglie con bambini, e dove fra le onde si intravedono i surfisti. Era un paesaggio molto più duro e aspro.

"Però dai, proviamo a sederci. Non c'è gente, è così tranquillo" dissi io.

Lei non sembrava avere niente in contrario, annuì, e cominciò a camminare tra i sassi. La seguii. Il rimbombo delle onde mi risuonava nelle orecchie.

Mentre mangiavamo in silenzio il nostro *o-bentō*, tutt'a un tratto mi ricordai.

"Io in questo posto ci sono già stata."

"Davvero? Da cosa l'hai capito?" chiese la mia amica stupita.

Aveva il viso coperto dai capelli, quindi non riuscivo a distinguere la sua espressione. Prendeva dei sassolini e li lanciava. Ogni volta si sentiva il rumore sordo del sassolino che cadeva sui sassi. Erano tre mesi che si era lasciata con il suo compagno, la domenica per lei era noiosa e così mi aveva proposto il picnic di oggi. Era chiaro che io non potevo offrirle le cose che aveva il suo uomo. Quello che potevo darle era solo silenzio e qualche risata.

"Ho una fotografia con questo paesaggio. E poi, a pensarci bene, qui non siamo tanto lontano dalla casa dove è cresciuto mio padre."

"Sì? Allora effettivamente è possibile."

"Io ero piccolissima. Potrebbe anche essere il mio primo ricordo, formato mischiandoci l'immagine della fotografia."

"Il primo ricordo della tua vita?"

"Sì."

"Sei andata lontano, e poi sei tornata indietro" sorrise lei.

Mio padre e mia madre, per varie ragioni, oggi vivono in Nuova Zelanda. Erano andati a trovare una coppia di amici che vi si erano trasferiti, il posto gli era piaciuto moltissimo e così, usando i soldi delle rispettive liquidazioni, si sono comprati una casetta lì. Ero già andata diverse volte a trovarli.

Ero rimasta sconcertata da quel bel paesaggio e dallo stile di vita occidentale che secondo me non avevano niente a che fare con i miei genitori, ma siccome sembravano felici ero contenta per loro.

Quando frequentavo le medie, la mamma si era messa con un ragazzo più giovane di lei, e i miei erano stati sul punto di divorziare.

Me ne ricordavo bene.

Una notte mio padre e mia madre parlarono a lungo nella stanza al piano di sotto. Li sentivo alzare la voce mentre litigavano. In quel periodo non so perché io ero ossessionata dalla canzone *Scarborough Fair* e la ascoltavo infinite volte con gli auricolari, tenendo il volume al massimo. Premendomi le orecchie per non sentire le voci dal piano di sotto. E cantando dentro di me, come una formula magica: *parsley, sage, rosemary and thyme*. Era l'alba. Il tappeto grigio della mia stanza sembrava diventato biancastro e chiaro. Dietro la finestra il cielo era di un azzurro sfumato, attraversato dalle sagome degli uccelli.

Dall'altro lato del corridoio c'era la stanza di mia sorella maggiore, che probabilmente dormiva. Triste e inquieta, pensai più volte: Visto che non riesco più a dormire, magari vado un po' a chiacchierare con lei. Ma qualcosa, una specie di ostinazione, o di risentimento, mi impediva di muovermi. E così, come paralizzata, me ne restavo nel *futon* ad ascoltare e riascoltare la stessa musica.

Ancora adesso se sento questa canzone, rivedo quel cielo azzurrino. Per ironia della sorte, di recente, mentre ero a pranzo con i miei in un ristorante sulla spiaggia in Nuova Zelanda, gli altoparlanti hanno diffuso a tutto volume proprio quella canzone. Senza riuscire a controllarmi, ho cominciato a piangere e ridere allo stesso tempo. I miei mi hanno guardata perplessi. La forza del tempo e della musica avevano fatto esplodere in un istante le emozioni chiuse dentro di me.

All'improvviso mia sorella entrò nella mia stanza. Per un attimo il suo pallore mi sembrò quello di un fantasma, ma subito capii che era solo l'azzurro dell'alba che si rifletteva sul suo viso. Mi tolsi gli auricolari e la guardai.

"Divorziano. La mamma se ne va di casa" disse.

"Li hai spiati?" chiesi.

"Sì, guardavano il tavolo con due facce scure."

"Non ci posso credere."

"Davvero, è incredibile. Che possa succedere davvero una cosa così, sembra tutto un sogno."

La gravità mia e di mia sorella in quel periodo, a pensarci adesso, era l'aspetto più interessante della vicenda. Era forse la vergogna che noi due, appena adolescenti, provavamo nel vedere nostro padre e nostra madre trasformati in uomo e donna, a dare al nostro atteggiamento tanta gravità. Sullo sfondo azzurro dell'alba. Anche dopo che mia sorella se ne fu tornata nella sua stanza, non riuscii a prendere sonno. Ascoltai infinite volte la canzone, e a causa dello shock la stessa parola riecheggiò di continuo nella mia mente: separazione. Poi cominciai a ricordarmi tanti momenti felici. Papà e mamma che camminavano lungo la spiaggia tenendosi per mano, e un po' più tardi noi quattro in fila ad ammirare lo spettacolo di fuochi d'artificio. Mentre nella brezza fresca del mare guardavo un enorme fuoco che si apriva con un boato così forte da ferire le orecchie, pensavo: Sembra galleggiare nello spazio! Com'è semplice quando si è piccoli, mi dissi, pensando con invidia alla me bambina di quei ricordi.

Quando la mattina mi svegliai, scoprii che chissà perché non era andata via mia madre ma mio padre.

La mamma era stranamente allegra. Disse una cosa che mi sembrò molto strana: "Se papà dovesse tornare a casa, e noi fossimo tutte qui ad aspettarlo forse si calmerebbe, perciò oggi non andate a scuola".

Poi disse: "Stasera faremo il barbecue nel giardino". "Ma che ti viene in mente, mamma?" protestò mia sorella, ma la mamma, dopo aver dormito un po', uscì tutta allegra in automobile per andare a comprare la carne, le verdure e la carbonella.

Io e mia sorella, benché stordite, preparammo le salse e pulimmo la griglia incrostata del barbecue. E così non so come ma un po' alla volta cominciammo a divertirci. C'era una sensazione di disperazione.

La mamma mise sullo stereo un vecchio disco e alzò al massimo il volume. La voce di Marianne Faithfull si diffuse nel giardino.

"Da piccola ho avuto una vita simile a quella di questa cantante quando era bambina" disse, mentre arrostiva la carne e le pannocchie di granturco. Dalla carbonella si levavano degli sfrigolii e nel giardino buio aleggiavano diversi odori. Aprimmo un vino invecchiato che papà aveva messo da parte con cura e bevemmo. "Coraggio, beviamo," disse la mamma, "tanto forse non tornerà più."

"Che vita?" chiesi io.

"Una vita da nobili. Circondata da cose antiche, senza mai fare lavori di casa, sempre a guardare quadri, leggere libri, ascoltare musica classica. E poi, feste."

"È perché la famiglia del nonno era ricca?"

"Sì. E anche perché era un mercante d'arte. Frequentava persone di quel tipo."

"Tu e papà siete scappati insieme, vero?"

"Sì, è stato amore a prima vista" rise la mamma.

Continuavamo a versarci il vino nei bicchieri, e a forza di bere ci sentivamo più allegre. Il rosso della carbonella aveva una tinta molto accesa. Le fiamme delle candele nelle lanterne vibravano forte. La terra del giardino nell'oscurità emanava un vago chiarore. La carne e le verdure erano di una bontà incredibile. Quando si cerca di spazzare via il dolore e la tristezza, nasce una libertà che è come un piccolo premio.

"E il tuo ragazzo ti fa ricordare la tua vita in quel periodo?" chiese sfacciatamente mia sorella, già ubriaca.

"È stato solo un divertimento. Non lo rivedrò più" rispose la mamma, ancora più ubriaca, e girò la carne.

"Chissà perché a mangiare e bere all'aperto tutto sembra più buono?" dissi io.

"Perché l'aria è pulita."

La mamma alzò gli occhi a guardare il cielo. Nei suoi capelli in disordine se ne intravedeva qua e là qualcuno bianco. Alla luce del fuoco brillavano trasparenti.

"Quando c'è qualcosa di brutto, se uno presta attenzione, da un'altra parte c'è nascosta una cosa gioiosa come questa. Dio non ci dimentica" disse la mamma. "Se papà adesso è andato in un bar di Ginza con un amico, lo perdonerò. Ma se è tornato dai suoi e sta mangiando la cena di sua madre, vuol dire che è un mammone e allora io lo lascio!"

Vista di spalle appariva stranamente robusta, una vecchia bambola sullo sfondo del cielo notturno. Il vestito a fiori, la linea tondeggiante delle spalle, il fumo che si levava come se si stesse bruciando un cadavere. Quella scena, sospesa nell'aria del giardino, aveva uno strano potere.

Il giorno dopo avevamo mal di testa quindi non andammo a scuola.

Poi, un paio di settimane più tardi, mio padre tornò a casa. Per fortuna non si era rifugiato dai nonni ma era andato in giro a bere con un amico dandosi alla pazza gioia, poi era diventato di peso, era stato cacciato dall'amico e così era tornato a casa. Fu come se di divorzio non si fosse mai parlato.

I raggi del sole, dolci ma ardenti ci riscaldarono.

Quando accumuliamo dello stress, la mia amica e io facciamo spesso gite in auto come questa, e ce ne stiamo sedute in silenzio. Di tanto in tanto una si lamenta di qualcosa, l'altra risponde con uno scherzo. E succede a volte, come in questa occasione, che dal fondo della memoria affiori qualcosa di utile, un vecchio ricordo che aiuta a sentirsi meglio. E così prima di andarcene lasciamo cadere un po' di cose tristi nel paesaggio. Poi ci fermiamo in qualche bagno termale, stupite per tutta la strada che abbiamo fatto, entriamo nell'acqua, mangiamo, beviamo una birra, facciamo di nuovo il bagno, stanche morte ci dirigiamo verso la città e ci salutiamo già mezze addormentate. Il giorno seguente chissà perché ci svegliamo piene di energia come quand'eravamo bambine.

Sono pochissimi gli amici con cui si possa stare in silenzio. Una volta che si smette di parlare inutilmente, il corpo scandisce con naturalezza i ritmi impressi in noi nel corso di lunghi anni. La conversazione diventa lenta e pacata.

Il mio ricordo si faceva progressivamente più vivido e chiaro.

Il paesaggio non era cambiato quasi per niente. Anche la forma di quelle rocce nel mare aperto, anche l'ombra delle onde che vi si infrangevano. Io ero seduta qui con mio padre. La mamma e mia sorella schiamazzavano sulla riva bagnandosi i piedi nell'acqua. Mio padre le chiamò: "Forza, è ora di mangiare!". In quel momento una farfalla si avvicinò svolazzando, chiuse le sue ali nere e si fermò a riposare lì davanti a me. Quelle ali mi sembrarono bellissime, come un pezzo di antico merletto. Era il mio primo ricordo.

Proprio in quel momento, una farfalla arrivò in volo davanti a me.

Ero così stupita da non credere ai miei occhi.

La mia amica fece un bel sorriso, dimenticando le sue tristezze, e gridò: "Una farfalla! Guarda com'è bella!".

Adesso era sciupata, con le borse sotto gli occhi, ma prima

o poi mi avrebbe annunciato che era di nuovo innamorata e voleva mettersi a dieta. La stessa forza che mi aveva fatto dimenticare di essere stata lì, l'avrebbe fatta tornare a sorridere.

Il tempo che niente può fermare non scorre solo per piangere sulle cose perdute ma anche per ottenere un'infinità di momenti bellissimi, uno dopo l'altro.

Ah, questo è un piccolo premio, pensai.

IL SIGNOR TADOKORO

Le persone assunte da poco nella ditta e quelli che vengono per qualche lavoro part time, di solito il terzo giorno, o al più tardi dopo una settimana, mi chiedono timidamente:

"Ma il signor Tadokoro, chi è?".

Io do una spiegazione sbrigativa del tipo: è una specie di mascotte della ditta, e anche se tutti mi guardano sempre con un'aria dubbiosa, dopo un po' finiscono con l'abituarsi.

Il signor Tadokoro arriva puntuale alle dieci e se ne va alle sei. Si siede al suo posto, beve un caffè, legge un libro, risponde al telefono quando gli altri sono occupati, e se gli viene chiesto fa delle fotocopie. È un signore dalla pelle liscia liscia, tra i sessantacinque e i settanta. Non ha moglie. Non ha neanche figli. Pare che viva da solo.

Quando il signor Tadokoro non viene al lavoro, senza una ragione precisa tutti diventano di malumore, si preoccupano, guardano continuamente il suo posto. Il capo della ditta è in un'altra stanza ma siccome viene almeno una volta al giorno a salutare il signor Tadokoro, se non lo trova, fa una faccia come se la fortuna lo avesse abbandonato e subito ritorna nel suo ufficio.

Il signor Tadokoro è come il gatto che un tempo ci veniva tacitamente permesso di allevare in un angolo del giardino della scuola. Un gatto che poteva stare sempre lì, grazie al fatto che tutti gli davano spontaneamente da mangiare. Il signor Tadokoro è come una piccola aiuola in mezzo a un gruppo di palazzi. Grazie al fatto che lui c'è tutti riescono ad amare un po' il mondo. Riescono a riconoscere la propria parte migliore. Questa cosa in sé non è né buona né cattiva. È semplicemente molto necessaria per gli esseri umani.

Quando ho cominciato a lavorare nella ditta, il proprietario ogni tanto si faceva vedere e dava alcuni suggerimenti al figlio che aveva preso il suo posto. Era un vecchietto energico, dai capelli bianchi, e nel vederlo pensavo: Fuma, beve caffè a litri, eppure gestisce una catena di quindici negozi di cibo naturale! Il figlio, che nel frattempo ha preso la direzione, è un maniaco salutista, di recente ha cominciato a trattare piante dal Sudamerica, e si occupa tra l'altro di progetti tesi a far ritornare i guadagni alle popolazioni indigene. Adesso ha diminuito a tre il numero dei negozi, e rispetto a prima le dimensioni della ditta si sono ridotte ma le vendite per corrispondenza hanno mostrato una crescita e considerata la recessione gli affari sono abbastanza stabili. Prima io mi occupavo della creazione di bollettini e dépliant da distribuire in quei quindici negozi, ma dato che sono qui da tanto tempo ho fatto un po' di carriera e oltre ai dépliant mi è stata affidata la responsabilità del sito internet. Ho anche tre collaboratori personali, inclusi i part time. Trattandosi di una ditta piccola, il lavoro non è niente di eccezionale, ma in questo periodo di crisi penso di potermi ritenere fortunata del mio posto.

Il signor Tadokoro era già qui quando io, dopo la laurea, sono entrata in ditta.

Il signor Tadokoro puzza un pochino e porta abiti consunti. A quanto sembra ha soltanto due vestiti: uno per l'estate e uno per l'inverno. Le camicie gliele regalano, usate, gli impiegati dopo averle fatte lavare a secco, e ogni tanto anche le impiegate gli fanno qualche regalo, magari di poco prezzo. È molto basso, e pelato. Ha gli occhi come due fessure, e un'espressione indecifrabile. La sola cosa che cura è la barba, che rasa regolarmente. Col suo aspetto da fantasma, è un po' inquietante. Ma a guardare il signor Tadokoro, chissà perché, non si prova una sensazione sgradevole. Vi sono persone che, anche se si presentano in modo impeccabile, a guardarle trasmettono una sensazione negativa, ma lui è esattamente l'opposto. La sensazione è simile a quella di quando si guardano le montagne. Qualcosa di lontano, e che ha una sua bellezza. Forse è il colore del suo spirito.

I primi tempi avevo sospettato che nella presenza inspiegabile del signor Tadokoro in ditta si nascondesse qualcosa su cui era meglio glissare, e così controllandomi avevo taciuto fingendo di non notare nulla di strano. Ma dopo un mese, non riuscendo più a resistere, alla fine chiesi a un mio diretto superiore, uno sposato con cui avrei in seguito avuto una piccola storia:

"Ma questo signor Tadokoro, chi è?".

Ridendo rispose: "Strano che tu non l'abbia chiesto prima d'ora".

A quanto mi disse quel mio superiore, quando il nostro attuale capo era bambino, negli anni delle elementari, era stato abbandonato dalla madre che se ne era andata di casa e pare che si fosse ritrovato nella confusione più totale. Il padre, il nostro vecchio capo, era troppo preso dal lavoro per occuparsi di lui. Il signor Tadokoro, che viveva lì accanto, in una casa malandata, e che aveva qualche rotella fuori posto, cominciò a occuparsi con assoluta dedizione di quel bambino che in fondo conosceva solo di vista. Anche quando il nostro attuale capo, che aveva preso una cattiva strada, gli prese dei soldi o lo picchiò quasi fino a ucciderlo, il signor Tadokoro continuò a trattarlo con affetto più che se fosse stato il suo stesso figlio. Riuscì perfino a salvarlo dal suicidio e gli pagò con i propri soldi un viaggio per farlo distrarre.

Quando, infuriato per una stupidaggine il ragazzino colpì con un coltello il signor Tadokoro, e questi non aveva i soldi per pagarsi le spese dell'ospedale, per la prima volta egli parlò al padre dell'incredibile dedizione di quell'uomo. E così il vecchio capo decise di far stare in ditta, senza alcuna particolare funzione, il signor Tadokoro che era disoccupato e che aveva finito i soldi dell'eredità lasciatagli da suo padre. Fu assunto come "consulente per l'alimentazione naturale". Quando giunse l'età del pensionamento, continuò a lavorare come collaboratore part time. E anche se non era tenuto a farlo, prese l'abitudine di venire lo stesso in ufficio tutti i giorni. Quando il capo si ubriacava, immancabilmente, a proposito del signor Tadokoro, diceva: "So che forse lo considerate un ingombro, ma vi prego di sopportarlo. Non mi ha fatto niente di particolare ma per me è più di un padre e di una madre".

La cosa che mi stupiva di più è che la sua presenza non costituisse un problema. Nessuno si lamentava seriamente dicendo che il suo era uno stipendio dato a vuoto, o che bisognava licenziarlo. Mi sembrava incredibile che nella società moderna potessero accadere cose come queste. Ma forse questo succedeva non perché lui fosse amato, ma per il fatto che la sua presenza si fondeva con l'aria. A volte, quando penso al signor Tadokoro, l'immagine che mi viene in mente è quella di lui che tutto tranquillo sostiene un muro. Le persone della ditta sotto sotto credono tutte che, se lo trattassimo male e lui dovesse andarsene, ricadrebbe su di noi una punizione. Non so se questa sia la sua magia, o il suo fascino. L'unica cosa che so è che tutti crediamo fermamente che sarebbe così.

C'è stato un periodo in cui facevamo i pupazzetti del signor Tadokoro e li usavamo come portafortuna, e quando qualcuno per scherzo diceva: "Come faremmo se il signor

Tadokoro dovesse morire?" c'era sempre qualcun altro che si arrabbiava o aveva le lacrime agli occhi. Era una persona importante.

Un pomeriggio di pioggia, andai dal signor Tadokoro a portargli del tè.

Dietro le sue gracili spalle si vedevano, attraverso il vetro della finestra rigato di pioggia, le luci sfocate dei palazzi.

"Signor Tadokoro, le ho portato un tè. Ma non sembra in forma, c'è qualcosa che la preoccupa? Ha il raffreddore? Vuole che le vada a prendere delle gocce di propoli dal magazzino?" dissi nel vedere che il simpatico signor Tadokoro, il quale appena mi vede avvicinarmi con il tè mi sorride sempre e mi fa perfino ciao con la mano, quel giorno se ne stava a guardare fisso fuori dalla finestra succhiando una caramella al propoli.

"No, non ho il raffreddore. Ma sono preoccupato. A casa mia c'è qualcosa dietro la lavatrice. E ho paura che con questa pioggia si senta triste" rispose.

Io ebbi un leggero capogiro.

"C'è qualcosa, che cosa vorrebbe dire?"

"È un po' come Kōchan, un po' come mia mamma morta. Mi fa anche pensare un po' a Dio, o forse è uno spirito della casa. Quando non è contento fa tremare la lavatrice. Vive bevendo l'acqua che cola dai tubi. È sempre in casa. Mi pare di aver sentito che quando dormo esce zitto zitto e va in giro per la stanza."

Per inciso, Kōchan è il capo della ditta, quello attuale.

"Perciò non posso usare la lavatrice. L'ho già detto altre volte, no? Quando lavo, lavo sempre a mano. Non posso certo spaventarlo."

"Con questa creatura in casa non si sentirà solo, no?" dissi sorridendo.

"Già. Ora che Kōchan è diventato grande e si è sposato" rispose il signor Tadokoro.

Poi tornò a guardare fuori dalla finestra.

Sentendomi stringere il cuore, corsi in bagno e piansi un poco. Io che non avevo pianto neanche nei momenti più difficili della mia storia con quel superiore sposato.

Ero felice che tutti fossero gentili con una persona come il signor Tadokoro e di questo mondo in cui c'era uno spazio per lui, anche se piccolo. Ero grata del fatto che in me ci fossero ancora lacrime piene di tenerezza come quelle. E poi se pensavo alla sua vita mi sentivo stringere il cuore. In ditta non partecipava al trambusto degli affari, non viveva il calore delle storie d'amore, non conosceva il desiderio per una persona sposata, non avrebbe visto il viso dei suoi nipoti. Lui che viveva tranquillo con quella cosa nascosta dietro la lavatrice.

Anche se a volte gli dicevano cose tipo: "Ehi, nonnetto, lo prendi il tè?". Oppure "Ma sei rimbambito?", "Che ci vieni a fare qui?" tutti lo guardavano con affetto.

Nella ditta dove prima facevo il part time sbrigando dei lavori di ufficio, un pomeriggio, nel momento di massimo lavoro, in quel clima di concentrata tensione in cui tutti sono in silenzio davanti ai computer, il telefono squilla, e arrivano le visite dei clienti, risuonò tutt'a un tratto un urlo. Fui colta talmente di sorpresa che dapprima non capii cosa fosse accaduto. Una delle impiegate si era alzata in piedi e gridava: "Che cosa avete tutti? Non è colpa mia! Non ne posso più!". Ripeteva sempre le stesse frasi, con una strana intonazione, urlando e piangendo, strappandosi i capelli. Tutti rimanemmo attoniti, e quel momento ci sembrò interminabile. Restai a guardare stordita mentre le persone che erano più vicine a lei, sostenendola la portarono nella sala di ricreazione. Anche se nessuno ne aveva colpa, era stata messa con le spalle al muro: era una sofferenza a cui nella società capita di assistere spesso.

Nella ditta dove lavoravo adesso, capitava a volte che qualcuno scaricasse la propria rabbia sul signor Tadokoro. Gli dicevano: "La tua sola presenza è un insulto", "Cosa ti credi? Che lavoriamo per mantenere te?" oppure quando passava il tè lo escludevano, o se sbagliava a fare delle fotocopie lo insultavano. Se qualcuno esagerava davvero, qualcun altro magari diceva: "Non te la prendere col signor Tadokoro".

Lui non diceva nulla. Però una volta sbollita la furia, il giorno dopo o al massimo quello dopo ancora, tutti si facevano un esame di coscienza, e gli mettevano dei fiori sul tavolo o andavano da lui a chiedergli scusa. Lui si limitava a ringraziare, con quel suo sguardo lontano e sfocato. Non sorrideva né consolava né si scusava a sua volta. Ma la vita ritornava alla normalità.

Io pensavo che la realtà non fosse una cosa tanto semplice, però assistendo a queste scene finivo col chiedermi se in fondo le persone non fossero semplici. Se c'è un posto per trattare con il lato oscuro del cuore, non si viene messi alle strette fino al punto di urlare nel mezzo dell'ufficio.

Molto tempo fa, quando ancora ci nutrivamo di carne di mammut, gli uomini prendevano le donne con la forza e le donne facevano un sacco di figli, e quando ancora i paesaggi si stendevano all'infinito senza interruzione... quando è stato? quanto tempo fa? Be', comunque sia a quel tempo in ogni villaggio c'era sicuramente una persona che svolgeva il ruolo del signor Tadokoro.

"Piove anche oggi, signor Tadokoro. Non è che quella cosa che ha lì a casa sua si sentirà triste?" gli chiesi, portandogli il tè.

"Ah, ho scoperto che cos'è, sa? È un'ametista" rispose lui con decisione.

Agli angoli della bocca aveva un po' di crema dei dolcetti che un collega, tornato da un viaggio di lavoro, aveva distribuito in ufficio.

"?"

"È una pietra che mia madre mi aveva lasciato in ricordo. Ero convinto di averla persa, e invece è ritornata lì. È strano, ma durante la notte nel buio ho visto una luce viola. Splendeva come una fiamma. Anche in televisione un importante professore ha spiegato che le pietre sono vive, perciò non ho dubbi" disse il signor Tadokoro.

"Lei è sicuro che ci sia, vero?"

"Sì, perché ci sono i segni. Certo, se dovesse andarsene mi mancherebbe."

"Stia tranquillo, lì si trova bene, quindi resterà" dissi, poi trovai il modo di allontanarmi e tornai al lavoro.

Il signor Tadokoro bevendo il tè guardava dalla finestra. La pioggia scorreva lungo il vetro. E scendeva sulla terra, lavando l'asfalto. Le nuvole in lontananza splendevano bianche, e ogni tanto giungeva attutito il rimbombare di un tuono. Il mondo era tutto color cenere. Il nostro palazzo, dove la pioggia non penetrava, era bello e confortevole. E qui dentro, forse senza che gli altri se ne accorgessero, viveva una grande persona. Dolcemente, senza far rumore, proprio come quella "cosa" che abitava dietro la sua lavatrice.

Quando, un po' più tardi, andai a fare delle fotocopie, mi venne in mente tutt'a un tratto il numero speciale di una rivista femminile che avevo lì, dedicato alle pietre per orecchini, e la portai con me. Così, mettendo da parte il mio lavoro, sostituii la carta comune con dei bei fogli colorati, e fotocopiai la pagina dell'ametista per il signor Tadokoro.

E mentre facevo quel lavoretto con una tazza di caffè in mano, nella stanza delle fotocopiatrici impregnata dell'odore di carta, e il rumore delle gocce di pioggia che picchiettavano contro i vetri, in quel tiepido pomeriggio di pioggia assaporai la serenità che colmava il mio cuore.

IL PESCIOLINO

Quando ero ancora al liceo, mi si formò una specie di escrescenza in mezzo al petto. Per lo sfregamento dei vestiti si ruppe, uscì del sangue, e si creò un forte gonfiore. Aveva un colore rossastro simile al sangue ma non mi faceva male né mi dava prurito. Non sarà mica cancro? pensai, e mi precipitai in ospedale.

"È un adenoma" disse il dottore.

Spiegò che si trattava di un'accumulazione di grasso e fibre. A tagliarlo poteva accadere che si riformasse o addirittura aumentasse di volume, per cui mi disse che dovevo metterci sopra un cerotto medicato per tre anni.

Tre anni? pensai, e la cosa mi sembrò tanto assurda che lasciai perdere la cura.

Ogni tanto, quando a causa delle stagioni la pelle era più delicata, quando portavo biancheria troppo stretta, o se la lana di un pullover lo irritava, succedeva che l'adenoma diventasse più rosso e gonfio, mi desse un po' di prurito o facesse un po' male. Ma ritenendo che non si trattasse di niente di importante, per molto tempo lo lasciai stare com'era. Era diventato una parte del mio corpo. Se abbassavo gli occhi era sempre lì, al centro del mio petto. A guardarlo bene, aveva la forma di un piccolo pesce.

Accadde un giorno d'inverno. Al ritorno dai bagni termali, mi accorsi di avere un certo prurito, e infatti la pelle lì intorno era arrossata e gonfia. Ecco, ci siamo, pensai.

Mio padre aveva avuto la stessa cosa in un altro punto, e un giorno, una decina di anni prima, quella parte si era infiammata ed era andato in ospedale. Avevo sentito infinite volte il racconto di quanto l'asportazione fosse stata dolorosa. Diceva perfino che, tra tutti i dolori che aveva provato nella sua vita, nessuno era stato così forte. Decisi di andare a farmi vedere prima che si aggravasse ulteriormente, e che se mi avessero detto che bisognava inciderlo, avrei chiesto di trattarlo con dei farmaci. Con l'occasione avrei chiesto anche se si poteva togliere in altro modo.

Scelsi una clinica aperta di domenica e relativamente vicina, dove facevano anche interventi col laser, e provai a telefonare. Pensavo che se si potevano eliminare le rughe e le cicatrici da acne e venivano trattati anche i cheloidi, forse lo si sarebbe potuto togliere con il laser. Quell'adenoma era una cosa che mi affliggeva abbastanza. Se si fosse infiammato si sarebbe dovuto tagliare, inoltre la terapia sarebbe stata molto dolorosa, e poiché questo pensiero non mi abbandonava, avevo sempre come un peso sul cuore.

"Gli appuntamenti sono al completo, ma se se la sente di aspettare un po', venga pure" mi disse con voce gentile la signorina al telefono. Senza alcuna preoccupazione presi un taxi. Si era messo a piovigginare. Era un pomeriggio grigio e coperto, caldo, e soffiava un forte vento. I passanti per strada avevano tutti l'aria di godersi il loro giorno di riposo.

La clinica era pulitissima e la sala d'aspetto molto spaziosa. Medici, la cui foto era apparsa nelle riviste, passavano tutti indaffarati. Anche le infermiere lavoravano con alacrità. Dentro di me pensavo: Per oggi me la caverò con un controllo e qualche pomata antinfiammatoria. Fui chiamata dal dottore prima di quanto mi aspettassi, e con una spiegazione accurata e gentile fui messa al corrente delle condizioni del mio adenoma. Mi fu ripetuto quanto già detto nell'ospedale dove ero stata in passato, e cioè che se un medico che non se ne intendeva lo avesse tagliato, ci sarebbero state molte probabilità che si riformasse aumentando di volume.

"Se è possibile vorrei toglierlo" dissi.

Il dottore mi diede una spiegazione molto dettagliata sui costi e sul laser.

"In tutto ci vorranno quattro sedute. Possiamo cominciare già da oggi" disse deciso.

Io non avevo pensato a niente. E poi ritornare un'altra volta sarebbe stata una seccatura, quindi risposi senza esitare: "Cominciamo subito".

Mentre aspettavo nello studio del dottore, non capivo perché ma mi sembrava di avere la testa tra le nuvole. Ne attribuii vagamente la causa alla paura dell'anestesia e del laser. Anche mentre compilavo il foglio del consenso informato, provavo una vaga sensazione di stordimento.

L'intervento fu molto rapido.

L'iniezione dell'anestetico fu sorprendentemente dolorosa, ma una cosa da niente in paragone al dolore descritto da mio padre, di quando gli avevano spremuto il pus. Si capiva che nel letto accanto al mio, dietro un paravento, si stava svolgendo un intervento per l'eliminazione delle rughe. Mi coprii gli occhi, tentando di non vedere la luce del laser, mentre il suo raggio mi colpiva al centro del petto. Sentii una specie di solletico, e nessun dolore.

Presi un nuovo appuntamento, pagai, e uscii in strada.

Nel frattempo era scesa la sera e aveva smesso di piovere. Andai in farmacia a comprare un disinfettante. Credevo di essere calma, ma mi resi conto di provare una strana agitazione. Andai alla cassa con appeso al braccio un ombrello che avevo intenzione di comprare, ma pagai solo il disinfettante e fu solo dopo essere uscita che mi accorsi di avere abilmente messo in atto un furto. Mi ero dimenticata di avere l'ombrello appeso al braccio. Quando uno non è cosciente, tutto fila senza problemi, dissi pensando all'arte del furto, poi mi venne voglia di sedermi e così entrai in un caffè. Era un vecchio locale. Perché quando uno si ritrova di domenica in un caffè dove ci sono dei gruppetti di persone, si deprime? Parlavano oziosamente di cose di cui sembrava non importasse granché neanche a loro. Mentre senza volere li ascoltavo mi sentivo sempre più giù. È come se nelle parole dette senza pensarle col cuore, ci fosse qualcosa di sporco. Bevendo il caffè caldo, finalmente capii di essere in uno stato di estrema agitazione.

Quando uscii dal locale era già buio. I negozi avevano acceso le loro luci vivaci, per invitare i passanti a entrarci. Io alzai lo sguardo verso il cielo e sentii una strana profonda tristezza. Lungo la strada dove si susseguivano negozi di vario genere, camminavo lentamente guardando i passanti, persone di ogni tipo, che si affollavano ai saldi, sedute ai caffè all'aperto, che mangiavano dolci mentre passeggiavano, che entravano da sole nei ristoranti di *rāmen*. Il vento caldo e pieno di umidità mi scompigliava i capelli. Il cielo era blu oltremare. Ma che cos'era quella strana sensazione di angoscia? Mi sentivo come se mi fossi separata da qualcuno.

Tornata a casa, bevendo una birra che mi era stato proibito di bere, telefonai a casa dei miei.

Mi rispose mia sorella, così le raccontai di quella giornata e del dolore provato durante l'anestesia.

"Ah, che peccato, mi mancherà. Perché non gli chiedi che ti lascino almeno quella forma di pesciolino?" disse lei. Era una cosa insensata, ma fui attraversata da una specie di lampo. Mia sorella aveva toccato esattamente il punto.

Poi venne al telefono mia madre.

"Prima ho fatto un sogno in cui c'eri anche tu. Quando mi sono svegliata avevo gli occhi pieni di lacrime."

"Cosa? Mi sembra un brutto presagio" dissi.

"No, nessun brutto presagio. È una cosa che è veramente accaduta. Eravamo in spiaggia, tutti e quattro, avevamo montato l'ombrellone, noleggiato le sdraio, e tu che avevi più o meno due anni piagnucolavi perché avevi sonno. Ti ho fatto stendere sulla sdraio, e anche se eri ancora bagnata dall'acqua di mare ti sei addormentata profondamente."

Chissà perché, mentre sentivo la storia, quel momento mi ritornò in mente con chiarezza: il mio piccolo corpo tutto impregnato d'acqua, anche il costume della mamma bagnato, il sonno, il caldo, quella sensazione terribilmente spiacevole.

"Che triste, vero, mamma?"

"Sì che è triste!"

Mio padre, che è anziano, non cammina più, e anche la mamma non nuota più. Tutte queste cose fanno ormai parte di un passato da ricordare con nostalgia. Era per questo? No, io ero triste per la mamma che aveva fatto quel sogno.

Sotto la garza c'era ancora un po' di gonfiore, avevo un leggero prurito, e il prurito in qualche modo mi rendeva cosciente di quella zona. Stentavo a crederci. Possibile che quel pesciolino non ci fosse più? Una parte del mio corpo che era lì da tanto tempo, nei momenti tristi e in quelli felici... mi sembrava terribile. La mia forma, anche se solo in un punto, era chiaramente cambiata.

Era stata una mia scelta, quella di cambiare, visto che tanto prima o poi avrei dovuto tagliarlo, eppure non mi riprendevo dallo stupore. Come si sentiranno allora le persone che hanno fatto una chirurgia plastica? Non si incontreranno più con se stesse, per il resto della loro vita. Un seno prosperoso? Che cosa si proverà a cambiare il proprio corpo, fatto dalle proprie cellule, un corpo al quale una, per quanto possa avere un seno piccolo, è abituata? Non è che fossi contraria. Semplicemente non mi ero mai chiesta prima che cosa potesse significare.

Quando arrivò il mio ragazzo, gli raccontai quanto era successo.

Dopo avermi manifestato la sua sorpresa per quella cosa così improvvisa, disse serio:

"Ah, quindi non ce l'hai più? Sai, mi dispiace un po'...".

A questo proposito, quando mi spogliavo per la prima volta davanti a uno dei ragazzi con cui stavo, li avvertivo sempre: "Veramente ho qui un gonfiore a forma di pesce...". Per nessuno questo aveva mai rappresentato un problema. Non c'era neanche stato qualcuno che avesse detto: "Ma non sarebbe meglio che te lo facessi togliere?". Certo pensavano che fosse una parte di me, più ancora di quanto lo pensassi io. Quando piangevo nella vasca da bagno dopo essermi lasciata con qualcuno, sicuramente vedevo quella forma. E pensavo: Questa è una parte di me.

Poi si fece l'ora della nostra solita tranquilla cenetta, e mangiammo guardando la tivù. Ravioli cinesi, birra, un'insalata di *konsai* con maionese. Anche se non c'era niente di diverso dal solito, io mi sentivo stranamente depressa. L'effetto dell'anestesia era finito e la ferita mi faceva un po' male, perciò presi un analgesico che mi avevano dato alla clinica, mi venne un sonno tremendo e mi addormentai profondamente sul divano.

Mi svegliai di colpo, era passata un'ora.

Non c'è più, pensai.

Ah, se avessi potuto tornare indietro a quella mattina. Probabilmente avrei deciso comunque di farmelo togliere. Eppure, al di là di ogni logica, pensavo che avrei voluto poter guardare, toccare quel pesciolino ancora una volta.

Pensavo a lui come a una persona. Se avessi staccato la garza, non ci sarebbe stata più quella forma. Io non ero più la stessa. Non esagero, era quello che sentivo. La sensazione di quando si è costretti a separarsi da qualcosa o qualcuno che ha una sua piccola importanza... per esempio quando durante un viaggio si incontra una persona con cui si crea una certa simpatia reciproca, e improvvisamente, che sia uomo o donna, ci si fa amicizia. Il legame non è forte al punto da diventare amanti o amici intimi, ma è qualcuno con cui c'è molto feeling, o qualcuno che vive in un posto molto lontano da noi e che, se non avessimo incontrato per caso in quell'occasione, non avremmo mai conosciuto. Dopo avere incontrato questa persona, siccome la nostra destinazione è la stessa, decidiamo di passare insieme quella settimana, e poi facciamo tutto insieme, dal mangiare al visitare i posti, dormiamo nello stesso albergo, andiamo avanti e indietro dalle rispettive stanze, ridiamo, nasce qualche piccolo malumore, e poiché la prossima destinazione è diversa, una mattina ci separiamo... ecco, era una sensazione simile. E anche se non è che quella persona ci piaccia in modo così particolare, pensiamo: Be', ci vedremo ancora, e facciamo insieme colazione per l'ultima volta. Da quel momento tra noi e lei comincia a infiltrarsi una indefinibile malinconia. Ci scambiamo indirizzo e numero di telefono, la accompagniamo alla stazione e la salutiamo agitando la mano.

Poi, quando cominciamo a camminare da soli, ce ne accorgiamo di colpo. Di essere sopraffatti dalla malinconia. Sappiamo che probabilmente non vedremo più quella persona in quello stesso posto, e forse non viaggeremo mai più insieme. Anche se dovessimo incontrarla, non ritroveremmo il compagno di viaggio con cui, fino a un giorno prima, ci eravamo rotolati a terra dal ridere. Ma forse addirittura non la vedremo mai più, quella persona, anche se solo fino a un attimo prima era lì, e potevamo toccarla.

In quel momento per la prima volta tutti i ricordi del viaggio acquistano una luce particolare, e conosciamo lo scorrere del tempo in tutta la sua crudeltà e fugacità.

Anche l'altro forse in quello stesso momento è sopraffatto dalla stessa malinconia, quella persona che adesso vorremmo disperatamente vedere, più di qualunque fidanzato, amico del cuore, familiare. Eppure basteranno poche ore e ci si dimenticherà a vicenda, l'immagine dell'altro sbiadirà, e comincerà un nuovo domani. Ed è proprio questa la cosa più triste.

Durante la notte squillò il telefono, poi il messaggio risuonò ad altissimo volume attraverso la segreteria telefonica. Era la *mama* al maschile di un bar di Shinjuku nichōme,* che con il suo robusto vocione gridava:

"Sei già andata a dormire? Sono io! Richiamami! Sono io! Svegliati! È urgente! Se senti il messaggio richiamami!".

Dopo averci pensato un po', richiamai, e come avrei dovuto immaginare si trattava solo di due mie amiche che erano andate lì a bere e si erano ubriacate. La *mama* del locale e le due amiche si alternavano al telefono facendo i tipici discorsi capricciosi da ubriachi: Voglio licenziarmi dalla ditta! La casa che avevo scelto è andata in fumo! Voglio andare alle terme! Che mutande porti? E così via. C'era anzi da stupirsi che non insistessero perché le raggiungessi. Ti abbiamo chiamato perché non avevamo niente da fare! gridavano una dopo l'altra. Quel modo di parlare volgare da ubriache aveva tanta forza da spazzare via la mia malinconia. In quel momento le voci spudorate delle amiche così su di giri mi sembrarono pure e dolci come i sussurri degli angeli.

L'amica che parlò per ultima era una donna di notevole intuito.

* Parte del quartiere di Shinjuku dove c'è un'alta concentrazione di bar e locali gay. [*N.d.T.*]

"Alle terme potrò andarci solo nella seconda metà del mese. Ti ricordi quella macchia in rilievo che avevo sul petto? Me la sto facendo levare col laser, dopo l'intervento non posso fare il bagno per tre giorni" dissi.

E lei subito:

"Aspetta un attimo, non è che hai perduto qualcosa?".

"No, non direi... anche se dal punto di vista fisico ho appunto perso quel gonfiore che avevo sul petto" risposi.

"Ah sì? Strano, sai? Nel momento in cui ti ho sentita ho avuto la sensazione che tu avessi detto addio a qualcuno, o come se stesse avvenendo qualche cambiamento... ti ho sentita così triste!" disse.

Che intuito! pensai. Mentre parlavamo si sentiva dall'altro lato del telefono un gran baccano, lei urlò: "State zitte!" quindi le altre due a turno vennero di nuovo al telefono, dissero: "Scusa se abbiamo chiamato a quest'ora... possiamo parlare ancora due ore?". Questa battuta fu ripetuta almeno tre volte, poi riagganciarono.

Nella stanza tornata silenziosa, la mia malinconia era un po' svanita. Parlare, anche in piena notte, con persone care, che se hanno voglia di chiamarci lo dicono chiaramente, che chiacchierano con chi vogliono loro, parlare con persone abituate a questo tipo di comunicazione diretta, senza doppi fini, è meno stancante di una telefonata formale di giorno, anche di cinque minuti, con una persona che non si conosce bene e con cui non si ha un particolare desiderio di parlare.

Provai un senso di gratitudine per quegli angeli chiassosi. Mi sembrò si fosse trattato di un intervento di Dio, che mi aveva vista oppressa dalla tristezza e anche scioccata di esserlo.

Sicuramente molto presto nel vedere la pelle del mio petto diventata piatta, non avrei più provato quella stretta al cuore. Non avrei più visto l'immagine del pesciolino. Avrei pensato che ero diventata più bella e che anche le mie preoccupazioni erano finite. Ma solo per quella sera sentivo la sua mancanza, non c'era più il pesce che era stato il mio compagno di viaggio, e anche se fino al mattino era stato con me, non l'avrei più rivisto. Sei stato un bravo amico, grazie di tutto, scusa se all'improvviso ti ho fatto bruciare dal laser, però addio, pensai, e scivolai nel letto caldo dove il mio ragazzo già dormiva profondamente.

LA MUMMIA

Una ragazza alla soglia dei vent'anni è ancora poco più di una bambina capricciosa con la pretesa, dentro la sua piccola testa, di dominare il mondo e naturalmente anch'io ero così. E per questo la maggior parte del tempo ero scontenta e irritata senza capirne la ragione. Forse è un problema di ormoni. Succede però che quel disordine ormonale produca una sensibilità straordinariamente acuta. È un momento di splendore molto breve, che dura il tempo di un arcobaleno. E per di più, sono poche le persone in grado di percepirne il profumo.

Mi ero iscritta alla facoltà di Farmacia, ma anche se eravamo solo a giugno, l'università mi era già venuta a noia. Quella sera, mentre tornavo a casa dopo le lezioni, triste e depressa, passando per il parco vidi i colori evanescenti di un arcobaleno brillare in alto nel cielo. E tutt'a un tratto pensai che forse per un po' di tempo non avrei potuto guardare il cielo come stavo facendo ora.

Il mio presentimento si rivelò esatto. Quel giorno fui costretta a seguire un ragazzo, incontrato lì nel parco, uno che conoscevo di vista perché abitava da quelle parti, fui fatta prigioniera e per un po' di tempo non potei ritornare a casa.

Di quel ragazzo chiamato Tajima sapevo soltanto che era iscritto al corso di dottorato, che collaborava a degli scavi archeologici e che passava metà dell'anno in Egitto. Aveva la pelle abbronzata, il fisico snello, portava gli occhiali, era quel genere di giovane professore privato che ha un certo successo con le ragazze. Da molto tempo avevo notato che aveva begli occhi, e se lo incrociavo per strada non mancavo mai di salutarlo.

"Buonasera" gli dissi con semplicità, facendo un leggero inchino.

Lui abbozzò un sorriso, disse: "Stavo lavorando alla tesi, ma sono uscito a fare due passi, per distrarmi un po'".

"Il mese scorso qui c'è stato un omicidio" aggiunse. "È pericoloso, sarebbe meglio che tu non camminassi da sola. Vuoi che ti accompagni?"

Che prove ci sono che non sia pericoloso tu? pensai, ma non lo dissi.

"Non hanno ancora preso il colpevole?" chiesi.

"No, hanno fatto indagini anche da noi all'università. Forse perché lavoriamo nei nostri studi anche di notte. E abbiamo strumenti con i quali si possono fare a pezzi le persone" disse.

"È stata fatta a pezzi? La persona uccisa?"

"Pare di sì. Non hanno ancora trovato la testa."

"La testa..."

Quasi tutte le informazioni riguardo a quello che stava per accadere, in realtà, le ebbi in anticipo. In quel momento, riuscii a leggere nei suoi occhi, mentre mi portavo la mano alla testa, il mio destino nelle ore successive.

Tuttavia, nel parco dove si addensava l'oscurità, facendo uno sciocco confronto tra l'assassino e il ragazzo che conoscevo di vista, provai un attimo di terrore per l'assassino che forse si nascondeva nel buio, e credetti di aver fatto la scelta più logica. Scelsi lui e cominciammo a camminare, fianco a fianco. Il fatto che per gli esseri umani non esista una stagione dell'accoppiamento, e che il desiderio sessuale possa manifestarsi in qualunque momento durante tutto il corso dell'anno, è un'altra delle ragioni per cui lo seguii. Forse nella luce che aveva negli occhi captai qualcosa che mi attirava. Forse, se fossi stata un animale selvatico, sarei scappata via di corsa. Intuendo il pericolo per la mia vita. Ma io, che ero solo una semplice donna ottusa, dissi di sì al richiamo del desiderio. Perdendo quella che sarebbe stata l'unica possibilità di fuggire.

Ma era già tardi. A quel punto noi avevamo già cominciato a scendere, tra le nere sagome degli alberi, verso un mondo buio e cupo, tutto nostro.

Arrivati nei pressi di casa mia lui disse:

"Penso che noi due non ci possiamo separare così".

Il suo sguardo era serio.

Io risposi:

"Vuoi che prendiamo un appuntamento per rivederci? È questo che intendi?".

Lui non era per niente il mio tipo di uomo. Non avevamo assolutamente nulla in comune, e anche i nostri interessi erano diversi. C'era soltanto, nel camminare così fianco a fianco, quella sensazione di essere avvolta da qualcosa... era soltanto questo. L'unico motivo di interesse. Non riuscivo assolutamente a immaginare la scena di noi due che ci davamo appuntamento davanti alla stazione o in un caffè, e la situazione mi sembrava assurda, quindi tentai di andarmene.

"Aspetta, c'è una cosa che vorrei farti vedere" disse, e in quel vicolo di sera poco frequentato mi strinse forte. Odorava di secco, come un vecchio pullover. Se non fossi andata con lui, prima o poi mi avrebbe seguita e uccisa, la cosa si sarebbe trascinata, allora tanto valeva farla finita subito. Era questo ciò che pensai. Ma no, forse volevo semplicemente seguirlo. Quel giorno volevo a tutti i costi mettere in contatto una parte del mio corpo con il suo. Il suo desiderio si trasmise a me. Quel desiderio era una febbre sgradevole che non avevo mai provato prima, ma aveva qualcosa che toccava il mio spirito.

Il suo appartamento era grande come un deposito, e in effetti era il deposito del suo padrone di casa riconvertito in abitazione. Il soffitto era alto, e c'era una scala che portava a un soppalco. Mi sedetti lì, da sola in mezzo a quello spazio vuoto. Lui preparò un caffè. Guardavo fissa i vetri appannarsi per il vapore dell'acqua che bolliva. Nell'appartamento c'erano un sacco di oggetti dall'aspetto sinistro. Cose che sembravano uscite da antiche tombe egizie... Ampolle, oggetti simili a punte di frecce, teste di coccodrillo di pietra, delle specie di frammenti di terracotta.

"Cos'era che volevi farmi vedere?" chiesi.

Rendendomi conto da sola che era una domanda idiota, visto che entrambi avevamo in mente una cosa sola.

"Te la faccio vedere dopo" disse.

E come se mi avesse letto dentro, mi spinse con forza sul *tatami*.

Di lui non mi piaceva niente: né la forma del suo corpo, né il suo viso mentre lo facevamo, né il suo modo insistente di fare sesso che sembrava imparato guardando una videocassetta. Il suo desiderio, più che nella penetrazione o in qualsiasi altra cosa, sembrava appagarsi soprattutto nel guardare, e non sembrava preoccuparsi molto di dare piacere a me. Per la sua insistenza non volendo raggiunsi più volte l'orgasmo, ma non era la sensazione piacevole che si prova normalmente facendo del sesso normale: era una specie di godimento contorto. Ma come spiegarlo?

Le sue braccia stranamente sottili, la spina dorsale in rilievo, le parti in cui era molto peloso, il fatto che senza occhiali avesse delle ciglia molto lunghe... tutti questi particolari, più mi apparivano sgradevoli, più mi facevano godere.

Anche il fatto che facesse tutto in silenzio dall'inizio alla fine mi attraeva.

Assomigliava perfettamente alla sensazione di quando, da bambina, andando al mare, mi stendevo sulla riva. La sensazione della sabbia impregnata d'acqua che si muoveva sotto il mio corpo. Era una sensazione vagamente piacevole, ma la sabbia si infilava sempre più nel costume e anche se dopo un po' mi accorgevo di provarne fastidio, a un certo punto smettevo di preoccuparmene e me ne restavo stesa così sulla riva. Sebbene all'inizio si possa averne fastidio, una volta che si è stati catturati dalla forza morbida della sabbia, si vorrebbe restare lì pigramente.

Finita la prima volta, salimmo nudi la scala che portava al soppalco. Per tutta la notte mi fece fare quello che voleva, senza lasciarmi telefonare ai miei per avvisarli.

Anche se in modo infantile, io avevo un mio criterio per valutare se c'era l'amore. Bastava capire se nelle mie fantasie potevo permettere all'altro di farmi qualsiasi cosa o no. Se non potevo, per quanto potessimo andare d'accordo, era solo un amico. Ed ero convinta, fino ad allora, di avere amato solo persone a cui potevo permetterlo. Ma non avevo mai pensato a un rapporto che esistesse solo per fare sesso come questo. Quante cose nuove ci sono ancora per me nel mondo, pensai. Continuammo a farlo forsennatamente, senza parlare e senza calmarci. Una sola cosa gli domandai: "Quando è stata l'ultima volta che hai fatto sesso?". Cominciavo ad avere paura della sua energia. "Quando ero al liceo, è stata l'unica volta" rispose. Ah, è così, pensai. Adesso capivo.

Anche se avessi voluto sapere l'ora, lui aveva nascosto l'orologio e le finestre erano coperte da tende spesse e nere, di quelle che si usano per le camere oscure. Dopo essermi addormentata e svegliata una volta, mi ero come rassegnata, e bevevo solamente acqua. Naturalmente neanche in gabinetto mi era concessa la privacy. Mi feci anche la pipì addosso mentre ero legata. Il sesso è veramente incredibile: si possono fare davanti a una persona che si conosce appena cose che non si farebbero nemmeno davanti ai propri familiari. Man mano che passava il tempo, come in un'allucinazione mi sembrò di avere vissuto così da sempre.

"Non era una bugia, il fatto che volevo mostrarti una cosa."

Fu quello che mi disse tutt'a un tratto, dopo che gli avevo ripetuto per la ventesima volta che dovevo avvisare i miei, prima che chiamassero la polizia. Quindi dal fondo di uno scaffale dove erano ordinatamente allineati i suoi materiali di studio, tirò fuori una scatola lunga e stretta. Sollevò il coperchio: dentro c'era, piccolo e rinsecchito, un gatto mummificato.

"Ah!" gridai. "L'hai fatto tu?"

Lui annuì. Rimasi di stucco. L'avevo detto quasi per scherzo.

"Era un gatto a cui ero molto affezionato. Ha vissuto diciotto anni. E allora io, come facevano gli egizi, gli ho levato le viscere, l'ho imbottito di erbe profumate, e l'ho mummificato. Non ti sto a raccontare il procedimento perché sarebbe troppo lungo, ma ha richiesto molta pazienza e coraggio. In effetti c'era in me anche la curiosità di sapere se ero in grado di fare una mummia, ma da sola non sarebbe bastata a farmi fare una cosa così spaventosa."

"Deve essere stato duro, farlo."

"Sì, è stato veramente duro. Tu forse penserai che mi sono divertito, ma è stato un lavoro veramente duro, triste, doloroso. Non mi va nemmeno di ricordarlo. Anche se non l'avevo ammazzato io, mi sono venuti pensieri molto cupi, come se fossi stato io a ucciderlo."

"Posso immaginare."

"Però volevo a tutti i costi conservarla, la sua immagine."

“Penso che ci sarebbero anche altre persone che, se conoscessero la tecnica, vorrebbero farlo. Non è un’intenzione molto diversa da quella di chi fa impagliare gli animali, o si fa un pullover con il loro pelo” dissi.

Dopo una pausa, lui disse:

“So bene che non vorrai vedermi più, ma non resteresti ancora un giorno solo con me? Adesso puoi anche telefonare a casa tua”.

“No, è impossibile” dissi.

Il gatto mummificato, avvolto con delicatezza in una bella stoffa, era posato lì. Se avessi finito col vedere la sua gentilezza, la sua personalità, non sarei più potuta diventare una belva come prima. Un corpo estraneo chiamato pietà si stava già facendo avanti.

Era una cosa che faceva arrabbiare i miei, ma da quando ero bambina io avevo sempre avuto quel lato freddo. Per esempio, quando andavamo in un grande magazzino, se c’era un commesso che non sapeva trattare bene i clienti, non era cortese, non sapeva consigliare negli acquisti, io me ne uscivo con frasi del tipo: “Quel commesso vale meno di un insetto”. I miei mi sgridavano severamente, dicendo che non dovevo pensare cose del genere. Mi dicevano che era un modo di guardare le persone dall’alto in basso. Eppure io non avevo per niente l’orgoglio di chi guarda gli altri con superiorità. Era semplicemente che in quel momento il commesso io lo vedevo proprio così. Come un insetto che si agita in una scatola, confuso e senza scopo. Anche adesso era così. Era una sensazione diretta. Io non volevo provare tenerezza nei confronti di una persona con cui non pensavo di poter avere una storia.

“Telefono a casa” dissi.

Ma quando feci per tirare fuori dalla borsa il mio cellulare, me lo strappò dalle mani e lo schiacciò sotto il piede.

“Che fai?” disse.

Io mi ero alzata e stavo dirigendomi verso la porta, lui mi

assalì con violenza scaraventandomi a terra e tentò di nuovo di possedermi. Io, non resistendo più, afferrai una statuetta stretta e lunga che era lì vicino e lo colpii in pieno viso. La statuetta, fatta di terracotta, si spezzò e il suo viso si riempì di sangue. A quella vista, tutti i pensieri classificabili sotto la voce amore che dormivano dentro di me raggiunsero il punto di ebollizione. In un istante tutte le persone che avevo amato fino ad allora, tutte quelle che avrei amato nella mia vita da allora in avanti, tutti i pensieri che non avrei potuto dividere con loro, lo struggimento, lo strazio, mi invasero.

"Scusami, come ho potuto farlo!" gridai con gli occhi pieni di lacrime, stringendolo fra le braccia.

"No, non è niente, è stata colpa mia" disse lui.

Gli disinfettai la ferita, telefonai ai miei, dissi che stavo partendo per un viaggio di due, tre giorni, perché avevo bisogno di pensare ad alcune cose, e riagganciai subito.

Quindi entrai di nuovo nel suo *futon* sul soppalco, questa volta con un atteggiamento di un gradino più vicino all'amore.

Feci l'amore con lui, attenta a non toccargli la ferita.

Ma ciò nonostante, il momento della separazione ormai si avvicinava. Lo capivamo entrambi.

Quando durante la notte mi svegliai, alla debole luce che filtrava dall'esterno vidi che si era alzato. E che guardava fissamente la mia pancia scoperta. Fissamente. Come se vedesse fino alle viscere. Pensai: Vorrebbe fare di me una mummia... Stranamente non avevo paura. Poi mi addormentai di nuovo.

Quando mi svegliai c'era il rumore di una forte pioggia. "Appena smette di piovere me ne vado" dissi, e lui annuì. Il sangue sul suo viso si era ormai completamente seccato. In mezzo al rimbombare dei tuoni, trascorremmo il nostro ultimo tempo insieme.

Non mi va neanche di ricordare quanto i miei genitori si infuriarono con me. Se lui fosse stato l'assassino sarebbe stata una conclusione interessante, ma non fu così, e il vero colpevole fu arrestato presto. Un degenerato signore di mezza età che aveva ucciso la sua amante e l'aveva fatta a pezzi.

Dopo di allora, non mi capitò mai più di incontrare Tajima per strada. Sentii dire che mentre era all'estero si era ammalato di malaria, che dopo essere tornato in Giappone aveva avuto un esaurimento nervoso in seguito al quale era stato ricoverato in ospedale, o aveva dovuto fare delle cure, non so bene. Io mi laureai, diventai farmacista e lasciai la città.

Poi, alcuni anni dopo, lui esordì come scrittore con un romanzo giallo ambientato in Egitto, diventò abbastanza famoso e ogni tanto si parlava di lui sulle riviste. Anche questa, che conclusione scontata, pensai. Per uno intelligente, appassionato di archeologia, dotato di una sensibilità fuori dal comune come lui, dedicarsi a una professione del genere era una cosa troppo banale. Si vede che tutto sommato non era questo genio, pensai, ma era una di quelle mie opinioni arroganti che avrebbero fatto arrabbiare di nuovo i miei genitori.

Si era sposato, e sulle riviste era apparsa anche la foto della moglie. Quando vidi che la moglie aveva un corpo molto simile al mio, così simile che lo si capiva nonostante i vestiti, provai una leggerissima stretta al cuore.

Io avevo un amore normale, il mio fidanzato e io ci incontravamo come fanno gli innamorati, chiacchieravamo, mi facevo bella per vederlo, facevamo l'amore. Probabilmente non mi sarebbe successo mai più di provare desiderio per qualcuno incontrato per strada di notte. Era stato un momento in cui la sensibilità straordinariamente amplificata della giovinezza aveva realizzato una fantasia. Le cose normalmente sono formate da tante angolazioni diverse. Ma se si spazzasse via tutto, e si concentrasse lo sguardo su un solo mondo, tutto diventerebbe possibile. Quella sera noi due ci eravamo incontrati per caso, lui aveva risposto al mio straordinario mondo interiore con una forza esattamente uguale, era accaduto qualcosa di simile a una trasformazione chimica, ed entrambi avevamo fatto un salto in una dimensione diversa dalla realtà. Era forse entrata in gioco un'energia talmente violenta da disorientare entrambi.

A volte penso: Ma questa vita di adesso, così ricca di tanti aspetti, è proprio sicuro che sia più giusta e più felice?

La bellezza di quella notte, del rimbombare dei tuoni, sentita dentro il *futon* mentre facevo l'amore con lui a occhi spalancati. Forse io non sono mai riuscita a uscire da quel mondo, sono rimasta ancora lì.

Ho provato a immaginare. Per esempio me in un'altra dimensione in cui sono stata trasformata in mummia, come quel gatto. O lui, distrutto dal mio amore fino al punto di non poter più respirare, con la testa spaccata, morto.

E questa idea proprio non riusciva a sembrarmi così brutta.

UNA SERA LUMINOSA

Avendo saputo che una mia amica d'infanzia era stata improvvisamente ricoverata in ospedale, approfittai di una pausa tra un lavoro e un altro per andare a trovarla. Nella grande stanza, gli altri letti erano tutti occupati da persone anziane. La sua voce acuta spiccava tra le altre, fievole ma inconfondibile. In un piccolo letto, quello più in fondo alla stanza, parlava con una persona venuta in visita. Appena mi affacciai, questa persona si congedò e io dopo dieci anni rividi la mia amica in pigiama. Era una sensazione stranamente nostalgica. Il colore dei capelli, come leggermente depigmentato, e degli occhi, rimasti assolutamente identici. Il corpo sottile, i polsi fragili. Le spalle minute. Parlammo a voce bassa, attente a non disturbare le altre pazienti.

"Hanno detto che se non aprono non possono capire se sia benigno o maligno" mi spiegò. "Sono arrabbiata, prima hanno detto che era al novanta per cento maligno e per questo hanno anche fissato la data dell'operazione, poi mi hanno fatto la risonanza magnetica e allora hanno scoperto che forse è benigno. Possibile che i medici siano così superficiali?"

Dentro di me fui molto colpita da come lei non fosse per niente cambiata. Certo, sicuramente doveva avere avuto delle angosce da diventare pazzi, e naturalmente doveva aver pensato molto alla vita, alla possibilità di morire. Ma questa malattia non aveva assolutamente avuto la forza di cambiarla. Fino al giorno prima del ricovero era andata al lavoro e non aveva detto a nessuno di essere malata. Sicuramente anche lei aveva pensato spesso quello che pensano tutti: "Ero convinta di essere un caso a parte, che a me questo non potesse capitare" ma sembrava non essere nemmeno sfiorata dall'idea che questi pensieri potessero cambiare la sua vita di tutti i giorni. Scoperta la malattia, si era fatta ricoverare in un ospedale vicino: se fosse stato lontano, sarebbe stato terribilmente scomodo. Si sarebbe operata, una volta guarita sarebbe tornata al suo lavoro, e se adesso il momento era difficile, pazienza, cosa ci si poteva fare? Questo era il modo in cui mi pareva lo stesse vivendo.

Senza voler idealizzare il suo coraggio, si sentiva la forza di una persona che fino ad allora aveva vissuto la propria vita intensamente e con serenità. Comunque in quella stanza di ospedale di pomeriggio, piena del russare, dei rumori e degli odori di persone malate, lei non era né sconfitta né mortificata nel suo aspetto. Teneva la testa alta, e sembrava solo un po' imbarazzata dalla situazione.

"Se sapessi quanto fa schifo il mangiare qui... Stamattina ci hanno servito del vero cibo per gatti! Aveva un odore tale che non sono riuscita a toccarlo!" mi raccontava ad alta voce camminando nel corridoio, incurante delle tante infermiere presenti, mentre mi accompagnava all'ascensore. Quando la porta si chiuse, il disegno del pigiama di lei che mi salutava agitando la mano mi rimase per qualche istante negli occhi.

Mi è successo tante volte di essere aiutata da qualcuno. E anche di chiedere aiuto. Ma se provavo a pensare a qualcuno che mi fosse stato veramente d'aiuto, in modo puro e disinteressato, senza curarsi minimamente delle possibili ripercussioni sulla sua vita, era sempre lei che mi veniva in mente.

Non so bene e non mi ricordo come ero venuta a trovarmi in quella situazione. Quando ero alle medie, non so se in base all'ordine dei posti o dei nomi, ero stata scelta per una certa attività che capivo poco, e avrei dovuto preparare non so bene quali materiali insieme a degli studenti di un'altra classe che non conoscevo. Tutto era così complicato che per tre volte mancai alle riunioni, e per questo venni odiata ed emarginata dagli altri, e così fu deciso che avrei dovuto preparare da sola la parte più complicata di quel lavoro di cui non capivo assolutamente nulla.

Forse pare brutto, meglio che ci vada almeno una volta, mi ero detta, e a cuor leggero mi ero presentata in quell'aula, ma l'atteggiamento pieno di odio con cui gli altri mi avevano imposto quel compito mi aveva precipitato nello sconforto. Quasi li invidiai per la loro capacità di odiare tanto una ragazza che non avevano nemmeno mai visto. Forse è così che scoppiano le guerre, pensai, con la semplicità dell'adolescenza, quando un grande gruppo di persone decide, più o meno allo stesso modo, di odiare qualcuno, e riversa in questo tutto il potere dell'odio che dorme dentro ciascuno, e acquista uno strano atteggiamento, e sparge veleno attribuendo la colpa di tutto a quel qualcuno... Ma mi sentii comunque ferita.

Per giunta, tutti mi lasciarono sola dicendomi: "Buon lavoro", e con un atteggiamento volutamente sprezzante uscirono dall'aula. Io guardai i materiali che avevano lasciato lì, il metro e la penna, ma non avevo la più pallida idea di come avrei dovuto lavorare. Andai nella stanza dei docenti a chiedere al professore responsabile di quell'attività che cosa dovessi fare. Purtroppo era un tipo tremendo che picchiava gli studenti seguendo l'ordine dei voti che avevano avuto, dicendoglielo mentre li picchiava. Tutto quello che seppe dirmi, mettendoci venticinque minuti pieni, fu qualcosa del tipo: "Siccome è colpa tua che non eri presente alle riunioni, perché non ci pensi da sola?". Nei confronti di un mondo dove ci si poteva trovare in questa situazione solo perché, sentendomi dire che dovevo fare una cosa che non avrei voluto fare, non l'avevo fatta e avevo preferito farne altre, anche se ero solo una ragazzina delle medie, mi sentii traboccare di lacrime di pena e di rabbia. Nel vedermi piangere, finalmente il professore mi spiegò concretamente cosa avrei dovuto fare. Pensai che questa mentalità di punire chi non aveva preso parte a un'iniziativa, i compagni che l'avevano messa in pratica, questo adulto che nell'assistervi partecipava a questo loro scopo punitivo, fossero tutti il peggio del peggio. "Se sai quello che devo fare perché non me lo dici subito? Anch'io ho delle cose di cui occuparmi!" avrei voluto gridargli, ma con un tremendo sforzo mi trattenni e per un pelo riuscii a uscire dalla stanza dei docenti senza farmi mettere una nota in condotta. Prolungare ancora di più quella situazione mi sarebbe stato insopportabile. Oltre a non vederci dalla rabbia, mi sentivo profondamente ferita.

Dopo aver ascoltato quello che dovevo fare, tornai da sola nell'aula. Non c'era nessuno, solo la luce accesa, abbagliante. A fare da sola una cosa che all'inizio avremmo dovuto fare in cinque o sei, e per di più contro la mia volontà, era difficile che potessi andare avanti spedita.

In mezzo alla luce del tramonto che colpiva la stanza, muovevo con riluttanza le mani, sentendomi sempre più triste. Mentre tracciavo delle linee e disegnavo dei diagrammi, tutto mi sembrava terribilmente stupido.

In quel momento, la porta dell'aula si aprì rumorosamente ed entrò lei.

"Che cosa ci fai qui?" chiesi con voce tremante di pianto, più che per la gioia che la mia amica fosse chissà perché venuta lì, per la sincera commozione nel vedere, dopo tanto tempo, qualcosa di bello. L'immagine di qualcuno la cui bocca non era deformata da quella smorfia di sarcasmo, e che non era sporcata dall'invidia per chi sapeva comportarsi in modo libero. Lei, che era entrata nell'aula col suo fare intrepido, in quel momento era davvero bella. I movimenti fluidi e vigorosi del corpo così sottile da far sembrare la sua uniforme più grande, la sensualità acerba delle sue braccia esili come stecchini, le sue grandi pupille castane dallo sguardo franco, tutto in lei era così bello da dare un brivido.

"Ero in biblioteca a controllare delle cose, e ho pensato che forse eri ancora qui" disse con la sua voce acuta e trasparente.

"Come mai stai facendo questo lavoro da sola?"

Tentai di spiegarlo, ma mio malgrado cominciai a piangere.

"Ti aiuto io" disse, e subito cominciò ad aiutarmi.

Penso che in un caso del genere io avrei chiesto che cosa era successo, e avrei fatto piangere ancora di più l'altra persona. Mi sarei indignata e avrei pianto con lei, facendola sentire ancora più infelice. Invece lei, senza chiedermi niente, cominciò subito a lavorare.

A pensarci adesso, quella qualità era esattamente lo stesso coraggio con cui aveva affrontato la scoperta della sua malattia. Senza fare nulla più del necessario, e tuttavia senza fuggire, senza imbrogliare ricorrendo a dei sotterfugi. Penso che il suo carattere, includendo la sua forza e la sua debolezza, possa essere definito con un solo aggettivo: nobile.

Mentre tracciava in silenzio delle linee appoggiando la riga sui fogli bianchi, i suoi capelli castani alla luce del tramonto sembravano dorati. Anche le sue dita sottili erano tinte di arancione. A causa della luce che la colpiva, l'aula sembrava luminosa e calda come in pieno giorno.

Quando era già buio, sulla via del ritorno, la ringraziai molte volte, e lei molte volte si arrabbiò dicendo: "Uffa, quanto la fai lunga, non ho fatto proprio niente" ma il suo viso sorrideva.

Mentre tornavo a casa, dopo averle fatto visita in ospedale, per caso incontrai un'altra nostra amica di quei tempi. Quando le dissi che ero stata a trovarla, rispose che anche lei ci era passata un momento il giorno prima.

Da quando avevamo cinque anni fino a quando, iniziato il liceo, avevo traslocato, questa amica e io avevamo sempre abitato una accanto all'altra. Ora era sposata e siccome stava per avere un bambino, era tornata dai suoi. Sembrava proprio che dovesse averlo da un momento all'altro, tanto la sua pancia era sporgente.

"Ti accompagno" dissi, e tutt'e due ci incamminammo lentamente lungo la strada nel tramonto di pieno inverno. Mi dava una strana sensazione camminare lungo la stessa strada stretta di quando avevo cinque anni con la stessa compagna di allora. E che per di più portava nella pancia un bambino, ancora di anni zero, che sarebbe venuto al mondo di lì a poco.

Nel camminare lungo la stradina laterale dove ero passata solo da bambina, i muri mi sembravano bassi e la strada piccola e stretta, e avevo la sensazione di passeggiare in un quartiere in miniatura. Il cielo era di un colore tra il rosa e l'arancio, ed era bello vedere come qui e là tingesse anche le nuvole.

Poiché l'argomento si era spostato naturalmente sull'operazione che la nostra amica avrebbe subito il giorno dopo, le parole tra noi si diradarono. Sembrava strano trovarci a camminare fianco a fianco in questa strada che per noi due avrebbe dovuto essere la strada "di sempre", in circostanze così particolari. Una di noi due viveva e lavorava lontano dal suo paese natale, l'altra aveva un bambino nella pancia, ma il fatto di parlare un po' a frammenti con lo stesso tono di voce di una volta era dovuto alla malattia della nostra amica comune, per la quale poteva esserci pericolo di vita. Avevo la sensazione che niente fosse cambiato, ma tutto si fosse un poco per volta deformato.

Tanto tempo fa, da piccole, io e questa ragazza correvamo insieme per quella strada in ogni suo angolo. Non ci sfuggiva nemmeno il minimo cambiamento. Sapevamo che sullo steccato di quella casa c'era una specie di edera, che i suoi fiori bianchi avevano un cattivo odore, e che nel punto in cui la scala di pietra era scheggiata era cresciuto del trifoglio. Avevamo sepolto un piccolo tesoro in un pezzettino di terreno rimasto libero, come prova che conoscevamo quella zona a perfezione, avevamo disegnato una mappa, e seguivamo un percorso tutto nostro, per il quale dovevamo passare attraverso i giardini di diverse case, scavalcando le palizzate.

E una volta che eravamo scappate di casa, avevamo scoperto un grande terreno vuoto. I palazzi demoliti erano stati eliminati senza lasciare quasi nessuna traccia, in tutta la zona era cresciuta l'erba e c'erano tanti piccoli fiori. L'estremità del terreno ora finiva in un precipizio, e in basso si potevano vedere lontane stradine dove una volta c'era solo il mare. Davanti agli occhi non c'era niente, il vento cominciò a soffiare e sembrava che da un momento all'altro avremmo potuto respirare l'odore del mare. Ci divertimmo come matte calpestando l'erba, cogliendo i fiori, arrampicandoci sulle montagnole di detriti, e restammo lì fino a quando le stradine di fronte a noi si trasformarono in un paesaggio fatto di mille luci che sprofondava nell'oscurità.

Che lì sarebbe stato costruito un ospedale, dove molto tempo dopo un'altra grande amica dell'infanzia sarebbe stata ricoverata, era un'altra cosa di una stranezza incredibile.

Le strade erano invase dai raggi del sole al tramonto esattamente con la stessa inclinazione di allora. Pensai che stavo delirando. Avevo la sensazione di non sapere più quanti anni avevo né dove vivevo. Era come camminare in quei paesaggi che si vedono in sogno. Il sogno non era né bello né brutto, solo lontanissimo dalla realtà. Ero stata colta da un'allucinazione, come se in quel mondo in miniatura nel quale adesso stavo camminando, solo io fossi diventava di colpo un gigante e da un punto altissimo stessi guardando tutte le cose delle nostre piccole vite, dal passato fino ad adesso.

E quella vista mi dava una sensazione per niente brutta, anzi stranamente allegra, piena di amore e di bellezza.

LA VOCE DEL CUORE

Non ero riuscita a fare neanche un breve sonno. Non facevo in tempo ad appisolarmi, che subito mi svegliavo, ed è andata avanti così fino al mattino. Guardavo trasognata il cielo che si schiariva progressivamente, come se fossi stata sotto l'effetto dell'ipnosi.

Per quanto mi sforzassi di dormire, la luce morbida che illuminava la stanza, resa ancora più brillante dalle chiare tende arancioni, me lo impediva. Quando aprii la finestra, il gelido vento invernale subito penetrò all'interno, invitando, nella stanza dove si era addensata l'aria calda di una notte insonne, una nuova giornata. A quel punto mi arresi e mi alzai. Bevvi un caffè e sperimentai allo stesso tempo l'indolenzimento del corpo e lo squilibrio della mente intorpidita.

Sul tavolo c'era ancora quella lettera.

Anche se l'avevo letta infinite volte, il contenuto era sempre lo stesso. E poi, pensai di nuovo la cosa che pensano tutti: sapevo che prima o poi questo giorno sarebbe arrivato, ma non immaginavo che fosse adesso. E poi sussurrai di nuovo le parole che dal giorno prima e per tutta la notte avevo ripetuto mille e mille volte:

"Sono dieci anni, dieci anni! Come farò?".

Come avrei fatto? Io che sono così paurosa, che di fronte a un problema tremo di paura, sorrido, fuggo subito via.

Gentile signorina,
nella ditta di graphic design dove lei lavora, tra i suoi colleghi più anziani c'è la signorina Nakamoto. Sua sorella minore è una mia amica, e parlandole per caso ho saputo di lei. Sono rimasta stupita non solo per la sua giovane età ma anche per il fatto che la sua relazione con mio marito vada avanti da tanto tempo. Adesso mi sto chiedendo con tutte le mie forze che cosa dovrei fare, ma per il momento ho solo pensato di metterla a conoscenza di questa situazione. Se questa storia dura da tanto tempo, immagino che sarà difficile separarvi rapidamente, e anch'io, avendo un buon rapporto con mio marito, in tutta franchezza non me la sento di pensare a una separazione. Sono convinta che lei sia una persona di animo gentile. Anche se non l'ho mai incontrata, ho questa sensazione. La prego, rifletta bene anche lei. Riflettiamoci tutti, magari arrabbiandoci, piangendo, pensando, ritrovando la calma, ripetendo questi passaggi se necessario per tutto il tempo che ci vorrà.

Hada Nobuko

Era una lettera assolutamente irreprensibile, senza nemmeno troppo malanimo, e che trasmetteva soltanto un senso di sconvolgimento. Eravamo entrambe sconvolte ma non potevamo aiutarci a vicenda, e anche questo era terribilmente triste. E poi c'era un senso di profonda, profondissima rassegnazione. Avevo avuto l'impressione che il castello di rassegnazione cresciuto dentro di lei un poco alla volta, nel corso di molto tempo, ormai si ergesse solido e che non sarebbe mai crollato.

Come farò? pensavo fissando con sguardo assente il cielo. Da lui non c'era stata nessuna telefonata. Avevo provato a chiamarlo, ma il sabato e la domenica teneva il cellulare spento. Forse di questa lettera non sapeva nulla.

Io non avevo mai parlato a nessuno di questo amore. Né alle amiche più intime né ai miei familiari. "C'è una persona a cui voglio bene ma ci possiamo vedere poco" dicevo, e tutti, conoscendo il mio carattere distaccato, subito persuasi, rispondevano solo: "Ah, davvero?". Ma io non sono per niente distaccata, sono terribilmente ardente. È semplicemente che fino ad allora ero stata totalmente appagata.

Non riuscivo a pensare ad altro se non che la sfortuna che prima o poi sapevo mi avrebbe colpito, era arrivata. Il mese prima avevo bevuto insieme a quella Nakamoto e a un certo momento il discorso era diventato un po' più serio. Si parlava di quando avevamo perso la verginità. Quando io avevo detto che era stato al primo anno delle medie, lei stupita aveva esclamato: "Che precocità!". Ubriaca com'ero, ho continuato: "Sto ancora insieme a lui, è stato il mio primo amore". E questo l'aveva sorpresa ancora di più. La sua faccia stupita mi piaceva molto. Spalancava gli occhi, lasciava cadere le cose che aveva in mano, corrugava la fronte, in un'espressione di assoluto stupore. E così, un po' perché mi divertiva, un po' per vanità, le parlai di Hada. Che solo questo avesse provocato tutto ciò, sembrava uno scherzo del destino.

A stare in casa, avevo l'impressione che dalla lettera si sprigionasse un odore. Era un odore dolce e denso, come quello dei fiori. Sarò sconfitta, sarò sconfitta da questa forza. Non sono capace di essere così combattiva. È solo che le mie giornate sono felici e non vorrei cambiarle, perciò non mi spingere con tanta forza, pensai. Oppure, la mia paura di perderlo era così forte da far sorgere in me un'ostinata tenacia? Avrei pensato che lo amavo tanto e volevo sposarlo?

Infilai il cappotto, presi in fretta la borsa e uscii. Il mondo di fuori era inondato dalla luce piacevole del pomeriggio. L'aria invernale era pulita, e il cielo di un azzurro chiaro sembrava lontanissimo. Nel quartiere non si vedeva un'anima, tutto era tranquillo come se il tempo si fosse fermato. Dalle finestre delle case giungevano fievoli i rumori e le voci della quiete pomeridiana. La luce disegnava la mia ombra chiara, le nuvole avevano un colore delicato. In quel bel paesaggio, camminavo in una nube nera con gli occhi socchiusi.

Con la coscienza ottenebrata, mi diressi verso la zona più animata. Pensai di andare a sedermi in un piccolo caffè che avevano aperto da poco, nel sotterraneo di un grande magazzino di lusso, a bere un tè particolare. Uno che aveva un dolce profumo di fiori. Così sarei riuscita a non farmi risucchiare da quella lettera. È una ricetta magica, mi convinsi mentre camminavo. Era sabato pomeriggio, e c'era una folla spaventosa. Sotto la galleria piena di negozi, la gente camminava, ognuno seguendo i propri ritmi. Coppie, amiche che si incontravano, uomini, donne, vecchi, vecchie. C'era un'animazione incredibile. La debolezza dovuta alla mancanza di sonno, aggravata dalla lunga camminata, mi faceva vedere tutte le immagini come se fossero state al negativo. I richiami dei venditori da un grande negozio di elettrodomestici, le luci variopinte dei locali di karaoke, le bancarelle che davanti ai negozi di tè vendevano i gelati al tè verde, i negozi di *tsukemono*. C'erano anche dei turisti. Davanti ai grandi magazzini c'era una folla di persone che si erano date appuntamento lì. Nelle enormi vetrine si vedevano i nomi delle marche straniere. In quella animazione da festa di villaggio asiatico mi sentivo fuori posto. Eppure le attività così disparate di tutte quelle persone stranamente mi facevano apparire il paesaggio come qualcosa di felice. Pensai una cosa che non avevo mai pensato: Sono tutti così vivi! Sono tutti vivi, e nel sole dorato di questo sabato pomeriggio ormai vicino alla sera, vanno tutti a zonzo nella parte più animata del quartiere. E come animali che giocano nei campi, incapaci di starsene fermi a casa, vagano nel flusso della folla.

Io, che ero una di loro, da dove venivo, e dove stavo andando?

Se solo potessi morire in un incidente a quel piccolo incrocio più avanti, o in qualche altro modo... pensai. Le cose che sarebbero successe erano troppo faticose da affrontare. Che cosa avrei voluto fare? Io mi limitavo a vivere giorno per giorno. Il venerdì sera avevo appuntamento con lui, e questa era la mia sola gioia. Era una vita da poco. L'amore e il sesso per me erano molto importanti, ma non erano che una parte della vita. Ma se finivano, il discorso cambiava. Vorrei ritornare alla pace di due giorni fa, pensavo con tutto il cuore. Che posso fare? La prossima settimana lo incontrerò come le altre volte? Farò come se non fosse successo nulla? Anche questo sarebbe stato possibile.

Ma l'immagine della sana vitalità di questo quartiere, le facce allegre delle persone che avevano una destinazione da raggiungere, che scorrevano una dopo l'altra insieme ai rumori della folla, mi schiacciavano.

Sono stata felice, quante belle cose abbiamo avuto, pensavo con tristezza dal profondo del cuore. Quando io ero ancora alle medie, lui mi telefonava tutti i giorni. In un giorno di neve mi mostrò la foto di sua madre che era morta. Una sola foto. Era una foto che aveva scattato quando era andato a trovarla in ospedale, e nella foto si vedevano la sua faccia carina di studente delle medie e sua madre, che aveva un viso identico al mio. In quel giorno di neve ci demmo appuntamento all'ingresso di quel grande magazzino che è un po' più avanti, e nel caffè buio dove andammo subito dopo, che oggi non esiste più, bevendo un *chai** caldo e dolce, mi mostrò quella foto. La finestra dava sulla galleria piena di negozi. La folla scorreva come un fiume. Con i cappotti e i guanti, come fiori. Il cielo era cupo, e c'era aria di neve.

La ragione per cui gli piacevo mi piacque, e quel giorno feci l'amore con lui. Cominciò a nevicare, e io non sapevo come avrei fatto se avessi perso l'ultimo treno, ma lui mi disse: "Ti accompagnerò io in macchina, mettendo le catene se sarà necessario".

* Tè indiano, leggermente aromatico. [*N.d.T.*]

E poi la nostra relazione tranquilla continuò. Pensavo: Prima o poi probabilmente finirà. Ma è accaduto così all'improvviso. Non potrò più toccare la sua mano, non potrò più sentire la sua voce. Non raggiungerò mai più il piacere seguendo quel modo di amare. Anche se lo avevamo costruito insieme. Anche la routine dei posti dove andavamo, dal luogo dell'appuntamento al ristorante dove cenavamo, non l'avrei più seguita con nessun altro. Oggi manzo al curry, oggi omelette con riso, oggi crocchette. Noi due mangiavamo sempre cucina occidentale. Un po' perché io ero ancora una ragazza in pieno sviluppo, un po' perché spendevamo molto per l'albergo, io proponevo di non spendere troppo per il cibo. Qualche volta mangiavamo anche *udon*, che a lui piacevano. A volte andavamo anche a bere. A volte io portavo un *o-bentō* preparato da me. Con dentro il *takouinnā.* Era un *o-bentō* grazioso. Quando stavamo insieme dimenticavamo tutto il resto, quindi di solito non parlavamo quasi per niente delle cose di tutti i giorni. Questo è squisito, questo è cattivo... poi della nostra visione del mondo. Siccome non avevamo mai litigato, adesso rimpiangevo di non aver mai visto la sua faccia arrabbiata. Era talmente gentile da farmi chiedere se non riversasse su di me la cura e l'affetto che non aveva avuto il tempo di dare alla mamma. Quando arrivavo a un appuntamento e lo vedevo da lontano, a volte aveva il viso stanco o sciupato, ma appena lo raggiungevo di corsa si apriva in un sorriso sereno.

Quando arrivai al palazzo del grande magazzino, avevo la vista annebbiata per aver ricordato tutti quei momenti felici. Scesi con la scala mobile, e il caffè aperto da poco, con le sue luci gialle, mi sembrò incredibilmente luminoso, come un luogo delle favole. O forse, con i suoi colori troppo definiti, poteva sembrare un vivace esempio di computer graphic. Vicino all'ingresso erano esposte delle paste decorate con frutta dai bei colori: mirtilli, lamponi, fragole... e anche questi sembravano finti. Mi sedetti a un piccolo tavolo in fondo alla sala, e ordinai una di quelle paste e il tè dal profumo dolce di fiori. Il locale era affollato, e sotto le luci brillanti anche le persone sembravano indossare vestiti dai colori esagerati. Tutti quei colori variopinti che mi colpivano gli occhi erano per me, in quel momento, troppo violenti. Mi sembrò di sentire la pasta dolce e il tè caldo penetrarmi nello stomaco. Solo allora mi resi conto che avevo trascorso tante ore in quello stato di svuotamento mentale, senza quasi toccare cibo. Capii la ragione per cui il mondo mi era apparso così strano. Era perché ero digiuna.

Chiusi gli occhi, e assaporai quella sensazione.

E allora percepii la forza vitale che si agitava nel fondo di me. Il sangue nel mio stomaco si muoveva e diffondeva energia in tutto il corpo.

Per un istante mi appisolai.

In quell'istante di sonno profondo, feci una specie di sogno.

Ero in una stanza insieme a qualcuno. Non sapevo chi fosse l'altra persona, ma era un uomo. Eravamo entrambi spaventati e... sì, quello era il nostro primo incontro. Come faremo a vederci di nuovo? ci dicevamo entrambi, concitati. Non riuscivo a distinguere bene il suo viso. Ma non c'era tempo e io, come una bambina piccola, sbattevo i piedi, in preda a un'impazienza tale che volevo piangere. "L'indirizzo, l'indirizzo!" dissi, gli diedi il mio biglietto e ritirai veloce la mano. Come Cenerentola.

La scena cambiò: ero in ufficio. Si farà vivo? pensai, e in quel momento arrivò un corriere. Era da parte sua. Aprii la busta: non c'era né una lettera né niente, solo un quaderno. Un quaderno sottile, dalla copertina rigida. Provai a sfogliarlo: era una specie di diario o taccuino. Non c'era niente di scritto a mano, ma vi erano, attaccati con cura, titoli di film che aveva visto, biglietti di posti dove era stato, ritagli con articoli che lo interessavano. Ah, vorrebbe andare in Messico, pensai, ma no, deve esserci stato di recente, visto che ci sono delle banconote attaccate, c'era anche un articolo sul trapianto degli organi, e la foto di una bella donna che sembrava ritagliata da una rivista. È giusto che io guardi queste cose? pensai. C'era anche una cartolina che aveva ricevuto da una donna. Se è così, pensai, forse è sposato, e questo non mi va, non voglio un'altra storia con un uomo sposato. E in quel momento vidi l'ultima pagina, dove c'erano delle cose scritte a penna. Vi erano riportate tutte le cose che aveva fatto negli ultimi tre giorni, dal momento del risveglio a quello di andare a dormire, i posti in cui era stato, le persone che aveva incontrato, l'ora in cui era tornato a casa, quella in cui era andato a dormire ecc., tutte frettolosamente annotate, senza nessun commento. Non è sposato, è sicuro, pensai, e provai un sollievo tale da piangere. Probabilmente, dopo avermi incontrato, aveva subito aggiunto queste ultime pagine a un taccuino che possedeva, e me l'aveva mandato.

Il significato che io vi percepivo era questo: avendomi trovata, avrebbe fatto qualsiasi cosa per stringere un legame con me in modo da non separarci mai, e mostrandomi apertamente tutti i suoi impegni aspettava che lo chiamassi. Questo dimostrava senza bisogno di parole che non era sposato, e che non aveva niente da nascondere. Che faccio? Sono felice... quasi quasi lo chiamo... potevo chiamarlo in qualsiasi momento, lui.

A quel punto mi risvegliai di colpo. Non capivo perché avessi fatto quel sogno. Mi rimanevano soltanto, con una forte intensità, la sensazione e l'emozione provate.

Vergognandomi, feci finta di avere solo chiuso gli occhi.

Ma ognuno aveva il proprio mondo, e i camerieri e le cameriere nel loro aspetto impeccabile lavoravano rapidi chiacchierando sorridenti, e io ero soltanto un elemento del paesaggio. Le persone intorno a me, con visi e gesti carini, facevano chiacchiere sciocche e carine ridendo.

Il sonno mi era passato in maniera sorprendente.

E anche spiritualmente, avevo la sensazione di essere ben sveglia. Come se mi fossi risvegliata di colpo da un brutto sogno durato molto a lungo.

Era così, dunque? In realtà ero ferita. Per il fatto di non poterlo cercare, che non mi metteva mai a parte dei suoi impegni con la famiglia, per il fatto che non avevo potuto chiamarlo nemmeno quella domenica notte in cui nell'appartamento accanto al mio erano entrati i ladri, ed ero rimasta sveglia per la paura.

L'avevo capito con chiarezza adesso, in quel sogno, assaporando quell'amore nuovo, immaginario.

Aveva il profumo di un amore puro, sano, nuovo... un profumo dolce come il tè si sollevava nell'aria. In verità non mi importava più di come sarebbe andata a finire. Facendo quel sogno, si era risvegliata in me un'energia che non sapevo spiegarmi, e che spingeva a sua volta la mia forza vitale. Un vento nuovo, un punto di vista nuovo, questa essenza di cui avevo bisogno, erano entrati tutti in quello strano sogno durato appena un attimo.

Io volevo un nuovo amore. Lo volevo con un uomo libero.

Era davvero un bene che lo avessi capito.

Avrei avuto un nuovo amore? O seguendo il corso delle cose avrei continuato a complicarmi la vita con Hada fin quando tutto sarebbe andato a rotoli? Potevo prendere entrambe le strade. Avevo la sensazione che avrei potuto trasformarmi in una persona odiosa o che avrei potuto dissolvermi come neve.

Il fatto di aver capito un sentimento che avevo soffocato in una parte profonda di me era la cosa più importante. E con questo pensiero, assaporai la frutta sul mio dolce. Aveva un gusto aspro, intenso, come solo possono averlo le cose che sono ancora vive.

I FIORI E IL TEMPORALE

Quando sento la parola "felicità" mi torna sempre in mente una scena.

Sotto il cielo limpido, si vede in lontananza l'albergo dove alloggia il nostro gruppetto di cinque amici. Si vedono i balconi delle nostre stanze. E se mi volto indietro, sulla collina che ci siamo lasciati alle spalle si ergono le gigantesche colonne del tempio che abbiamo visitato in lungo e in largo sino a poco fa.

C'è un forte vento, siamo ricoperti di polvere, presto torneremo in camera, faremo la doccia, e quando verrà la sera andremo insieme in città e ceneremo senza fretta in un piccolo ristorante, bevendo un buon vino... il momento era questo.

La luce del sole cominciava appena a declinare verso occidente, tinta di oro, e davanti a me e alle mie amiche che camminavamo chiacchierando e scattando fotografie, c'erano altri due amici. Parlando, camminavano precedendoci di pochi passi.

Lungo il viottolo si vedevano fiori da ogni parte. Erano quasi tutti gialli, ma qui e là si mischiavano anche fiori rosa e fiori bianchi. I rami contorti degli ulivi erano pieni di foglie asciutte di un bel verde. Inondate dalla luce, tutte le piante liberavano nel cielo i loro colori più veri e smaglianti.

Circondate da quei fiori alti, le figure di quei due miei

amati amici ogni tanto sembravano scomparire, poi subito riapparivano di nuovo in mezzo a quei meravigliosi colori.

Ma non sarà il paradiso, questo? mi chiesi in mezzo a quell'abbagliante profusione di colori.

La Sicilia è piena di ladri! Portate i vestiti peggiori che avete, non portate con voi borse, mettete tutto nei sacchetti tipo quelli del supermarket, ma anche così è probabile che sarete derubati lo stesso... Terrorizzata da avvertimenti come questi, salii tutta spaventata sull'aereo per la Sicilia, e quando scesi all'aeroporto per prima cosa mi misi la borsa a tracolla, e mi sfilai l'anello.

Eppure, avvertii qualcosa di diverso.

In confronto a Roma, dove ero già stata, l'atmosfera era più aperta e calda. Una luce morbida e forte scendeva dal cielo di un azzurro incredibile. Le montagne in lontananza ricevevano il colore arancio del sole e splendevano di una tinta dolce e delicata che non avevo mai visto al mondo. Lungo la strada ci trovammo improvvisamente in un ingorgo: tutti, impazienti di tornare a casa, suonavano i clacson. Ma ciò nonostante c'era qualcosa di molto dolce. Una felicità che si sprigionava dalla terra, una forza che si sentiva nell'aria. Le persone che vivevano lì amavano quel posto, e ne erano riamate, era questa la sensazione che percepivo, come di una speciale, gigantesca luna di miele.

Non solo non c'erano ladri, ma il cielo era sempre di un azzurro straordinario. Era luminoso anche quando scendeva la sera, tingendosi di quel blu denso di vita che avevo visto nelle opere di tanti grandi pittori posseduti dal Sud dell'Europa. Anch'io come loro mi ero innamorata di questa terra. Questa terra dal clima mite dove di sera sia la tinta del cielo sia il cuore delle persone si fanno più dolci e distesi. È la natura, con i suoi spettacoli di colori e luci esibiti senza risparmio, splendidamente, a ricordarcelo. Qui ricchi e poveri, vecchi e giovani si fondono tutti in una felice armonia, qui con il primo bicchiere di vino ha inizio una notte lunga e bella. Avrei voluto fermarmi per sempre in questo mondo dai colori così felici.

Taormina era un paese pieno di salite, dove la strada principale era affollata di turisti. Una sera, dopo esserci divisi per dedicarci ognuno alla propria febbre di shopping, a un certo punto ci eravamo tutti incontrati per caso in un negozio raffinato che vendeva saponi, cosmetici e profumi e che si trovava in un angolo della strada principale. Il negozio era pieno di colori delicati. Le saponette in cui erano incorporati fiori e frutti rosa, blu, oro, e il pullover color lavanda della padrona, attenta e gentile.

Nello scaffale principale era elegantemente allineata la serie completa di profumi di una linea che mantiene dai tempi antichi le bottiglie originali. Per la verità quei profumi li avevo annusati a uno a uno in un famoso grande magazzino di Tōkyō. Naturalmente il grande magazzino era molto bello e i profumi tutti buoni, ma i sensi non erano così vivi come qui, e quindi non ero riuscita a cogliere le differenze tra le singole essenze.

Il mio amico era in difficoltà nel decidere quale scegliere tra due profumi. Tutti noi che eravamo presenti, io, le mie amiche, la padrona del negozio, il suo amico, lo circondavamo preoccupati, annusandogli i polsi e discutendo su quale dei due gli stesse meglio. Tanto eravamo liberi, avevamo tutto il tempo a disposizione. Lì il tempo scorreva a profusione, come acqua trasparente che sgorga da una sorgente.

"È impossibile scegliere!" esclamammo tutti all'unisono, ma quelle parole avevano un senso vago e leggero, che sarebbe stato impensabile a Tōkyō.

"Pensateci fino a domani" propose la signora.

E su questa frase, così insolita per un negoziante, uscimmo dal negozio e andammo a cena.

La mattina seguente nel negozio eravamo di nuovo indecisi, così la signora ci disse: "Perché non fate una passeggiata e poi ritornate? Camminando il profumo cambia, ed è più facile scegliere". E ancora una volta, gentilmente, ci salutò.

"Ah, questa è la vita che vorrei fare!" disse il mio amico.

Poiché tutte le persone che partecipavano a quel viaggio erano di solito terribilmente cariche di lavoro, quelle parole entrarono in noi come l'acqua quando si ha sete.

"Essere indeciso su quale profumo scegliere, passeggiare, scegliere finalmente il profumo, e finire una giornata soddisfatto, questa è la vita che vorrei fare..."

Dopo esserci divertiti a sazietà sulla spiaggia, morti di stanchezza, finalmente il profumo fu scelto.

Quel suo aroma dolce e fresco si sprigiona ancora con la stessa freschezza dalla mia memoria.

Fu subito dopo quel viaggio, che la madre del mio amico morì.

Molto tempo prima, una volta, ero stata a casa sua e avevo mangiato i piatti cucinati da lei. Sua madre era calma, rideva spesso e dalla sua persona sembrava diffondersi una luce bianchissima.

Andando ancora più indietro nel tempo, la prima volta che l'avevo incontrato era stata la sera del giorno in cui la madre aveva avuto il suo primo infarto. Dato che ci eravamo appena conosciuti, non riuscivo ancora a parlare bene con lui, e stavo pensando che piano piano saremmo diventati intimi, quando gli fu annunciata quella notizia. Tutti noi che eravamo lì attorno naturalmente provammo una forte tenerezza nei suoi confronti, e lo guardammo partire per l'aeroporto con calore sincero. Fu il preludio di una lunga amicizia.

Quando morì sua madre, tutti coloro che sapevano quanto lui l'amasse non ebbero il coraggio di dirgli generiche parole di conforto. Tanto il suo amore e il suo abbattimento erano comprensibili e sacri.

È una cosa che capisce chiunque abbia perso una persona che ama veramente.

Quando gli telefonai per fargli le condoglianze, era stranamente allegro.

È una reazione che le persone hanno per i primi tempi, quando hanno perso qualcosa di importante. I giorni della solitudine vera arrivano dopo, implacabili, confondendosi con la quotidianità. Per quanto ne possa essere ben cosciente, un amico non può fare niente. Può solo stare a guardare.

"Piangi tanto, mangia tanto, dormi tanto" gli dissi. "E poi non c'è altro da fare che aspettare che passi il tempo."

"Farò così" rispose lui. "Piangerò tanto, mangerò tanto, dormirò tanto, mi metterò tanto profumo."

E tutti e due, col cuore stretto, ridemmo.

La volta successiva che lo incontrai fu in Toscana, nel pieno dell'inverno.

Era un altro viaggio in Italia, più o meno con le stesse persone dell'altra volta.

Una sera, fummo colti da un grande temporale.

Durante la notte, a un tratto fui svegliata da uno strano rumore metallico, e vidi che fuori dalla finestra il buio si illuminava a intermittenza e cadevano con gran frastuono grossi chicchi di grandine. Il vento sibilava infuriato, e tutt'intorno si vedevano tegole e vasi di piante caduti e spaccati. Accidenti, ma questa è una vera tempesta... Io e la mia compagna di stanza ci sentivamo perse. Non c'era corrente elettrica, l'acqua era entrata in gran quantità dalle finestre e il pavimento era mezzo allagato.

In punta di piedi andammo a vedere cosa succedeva nella stanza dei nostri amici, e naturalmente anche loro si erano svegliati. Il temporale era di una tale violenza che era impensabile che qualcuno potesse dormire. Non essendoci la corrente accendemmo delle candele e, non sapendo che altro fare, ci radunammo tutti e quattro in una sola stanza. Come facciamo? Anche spostarsi domani sarà difficile, anzi, se continua a entrare acqua non potremo restare neanche in questa stanza... ehi, il riscaldamento si è spento, che freddo! Volete il *kairo*? Ve lo do. Però, che buffo, è una sensazione eccitante... mentre ci scambiavamo frasi di questo tipo, tutt'a un tratto mi accorsi che il mio amico era seduto da solo su una parte rialzata rispetto al pavimento, che si trovava al centro della stanza.

Nel vederlo illuminato debolmente dalla luce dei lampi e delle candele, ebbi una specie di allucinazione, e per un momento vidi seduto lì un bambino.

Ma quando guardai meglio, vidi che lì c'era, scaraventato fuori dal letto dal temporale, assonnato, circondato dalle persone che amava, eppure sperduto, il mio amico che ormai da tanto tempo era un uomo.

E in quel momento per la prima volta capii davvero, davvero.

Lui non ha più la madre.

Non so come, ma questo pensiero mi salì dal fondo delle viscere. Mi venne un po' da piangere, ma pensai che non sarebbe stato il caso, e mi rivolsi a lui con voce normale. Lui sorrise, e tornammo alla nostra allegra conversazione notturna, sussurrata a bassa voce. Sebbene circondati dai rumori di quel violento temporale, eravamo diventati di ottimo umore. Be', che facciamo? Tentiamo di dormire? Tanto adesso non possiamo fare altro, ridemmo.

Domani, ci penseremo domani, ci dicemmo a vicenda.

LA CUCINA DI PAPÀ

Dall'altro lato del corridoio la Takahashi cammina nella mia direzione. Porta un cardigan rosso. Sono talmente agitata che io stessa stento a crederci, mi sembra di non riuscire nemmeno a coordinare correttamente braccia e gambe. E mi vergogno del mio aspetto impresentabile, la frangetta trattenuta da un fermaglio. Penso che non avrei dovuto montarmi la testa quando un collega mi ha detto che avevo una bella fronte. Impallidisco.

La Takahashi è insieme a una persona che non conosco. E nel momento in cui ci incrociamo, la cosa più scioccante è che lei non mi vede nemmeno. Loro due sono completamente prese da un discorso. Capto una frase: "Da quando porti la cintola per gestanti?". Tutto davanti a me si oscura, e appena torno alla mia scrivania ci sbatto sopra con forza i documenti che ho in mano. Poi vado nella stanza della direzione e trovo Shimizu. "Che cosa significa?" chiedo. "Come è potuta succedere una cosa simile?" urlo. Ma lui è stranamente indifferente e non presta alcuna attenzione alle mie lacrime. "Mi dispiace, ma non c'è niente da fare, è una cosa che dura da molto tempo..." dice vagamente, con la fronte corrugata, continuando a eludere il discorso. Il suo modo di spiegare è stranamente spavaldo, per essere in ufficio. "Quando mi ha detto che le piacevo, io cosa avrei dovuto fare? rifiutare, secondo te? Ma io non avevo nessuna intenzione di limitare i miei rapporti con le donne." I suoi occhi sono molto freddi. Non tenta nemmeno di fermare la mia mano che batte sulla scrivania, anche se mi verrà un livido. Pensavo che la sua fosse una calma su cui fare affidamento. Ma in realtà lo sapevo da sempre. Era solo indifferenza, il fatto che gli piacesse una persona e il desiderio di non ferirla semplicemente in lui non erano collegati. Come me ne sono accorta? Ah sì, quando io ero ricoverata in ospedale per un'appendicite e lui entrò sbocconcellando qualcosa. Anche quando mi disse che forse lei era incinta, lo fece guardando con la coda dell'occhio i Downtown* alla televisione. Anche quando la mia amica fu violentata da un suo amico, tutto quello che seppe dire fu: "Le sarà venuto dentro?". Forse per la Takahashi che adesso portava nella pancia il suo bambino, tutto questo andava bene. Io invece ne soffrivo. Guardando fuori della finestra, pensavo. Era una vista che mi piaceva: il giardino interno dell'edificio dove c'era la ditta, con un grande albero di gingko. Sì, ne soffrivo... Ma avevo almeno venti telefonate da fare quel pomeriggio. Come avrei fatto?... Non riuscivo a fermare le lacrime.

Il mio lamento mi svegliò.

È stato un sogno spaventoso... pensai, tirando un sospiro.

Ma dove mi trovavo? Ero dentro al *futon*, e sul soffitto si rifletteva una luce azzurra, chiara. Che aveva la forma della finestra. Silenzio... Fuori della finestra gli alberi ondeggiavano. I rami di un albero gigantesco. Poi ricordai chiaramente: ma sì, certo, ero nel cottage di mio padre in montagna. Avevo gli occhi pieni di lacrime, e il corpo irrigidito dalla paura. Io non ero stata così coraggiosa. Mi era solo venuto mal di stomaco, e zitta zitta avevo lasciato la ditta. Non mi sarei più portata la colazione sotto l'albero di gingko. Era strano, più delle persone, più della passione per il lavoro, mi mancava l'albero di gingko.

Ogni volta che l'albero fuori della finestra ondeggiava al

* Coppia di comici originari della regione del Kansai. [*N.d.T.*]

vento, anche la luce sul soffitto oscillava forte. L'aria era ghiacciata. Io avevo paura dell'eccessiva grandezza dell'oscurità. L'oscurità, in cui si poteva essere risucchiati, era viva come un gatto e respirava in ogni angolo della stanza.

Come fa papà a vivere da solo in un posto che fa così paura? pensavo spesso i primi tempi. Adesso, sogni come quello mi facevano più paura della tranquillità della montagna. La vita di città che appariva nei sogni era molto surreale, ognuno era sempre gravato da un senso di colpa, e ti faceva pensare che non ci si impegnava mai abbastanza.

A stare qui, finisco col capire tante cose che nella mia casa tranquilla non avevo capito. Il fatto che il mondo è grande, e che la notte possiede una forza capace di estendersi in eterno, e che a differenza del giorno è una creatura vivente... cose come queste. Anch'io quand'ero piccola fantasticavo spesso così. Chiedendomi quanto erano lontane le stelle... eccetera. Di recente, tornando a casa dopo aver fatto gli straordinari, sulla strada dalla stazione, mi limitavo a constatare per abitudine, quasi automaticamente, la presenza delle stelle di prima grandezza, quelle che si distinguevano appena nella semioscurità. Anche la luna, che cambiava forma ogni sera, sembrava disegnata per uno scenario. Dopo essere venuta qui, queste cose a una a una mi entravano sempre un po' di più nel cuore.

Si dice che ritirarsi in una casetta in montagna dopo essere andati in pensione sia il sogno di tutti i padri, ma nel caso di mio padre non si era trattato di un sogno così pacifico.

Aveva comprato questa casetta fatta di tronchi di legno per andare a passarci i week-end, ma quando si era scoperto che aveva un'amica lui e mia madre si erano separati.

A casa nostra, mio padre era ormai diventato un argomento quasi tabù. All'inizio mia madre era furiosa e aveva parlato di divorzio, odiando mio padre che non prendeva una posizione chiara, ma alla fine si era calmata, come se la cosa non le importasse più. E aveva continuato la sua vita normalmente. Una volta mio fratello andò a vedere com'era la situazione, ma non c'era ombra di donna. Papà ha detto che si è dimenticato di lei, fu la notizia che ci riferì. Dopo aver sentito questo, la mamma si addolcì un po' e quando ogni tanto papà tornava a casa gli tirava fuori gli abiti della stagione o gli preparava i suoi piatti preferiti. Una vera e propria conversazione non c'era, ma piano piano tornava l'atmosfera di prima, quella a cui eravamo abituati. Allora c'è qualche speranza per la loro vecchiaia, pensai, e dopo aver lasciato la ditta in seguito a quell'incidente, per la prima volta andai nel cottage dove viveva mio padre.

Forse, dopo aver lasciato il lavoro, ero un po' strana. Per prima cosa non facevo altro che dormire. Non ne avevo la minima intenzione, ma senza che me ne accorgessi era sera e la cosa più grave è che avevo ancora sonno. Ormai ero arrivata al punto di uscire dalla stanza solo quando avevo fame, e anche il mio corpo aveva perso tono. Quando mia madre mi parlava, anche se le rispondevo normalmente, lei diceva che ero disattenta. Esci, non stare a casa, mi diceva, ma siccome non mi andava l'idea di uscire e usare i miei risparmi, decisi di stare a casa. E così, vedendo che mia madre per la troppa preoccupazione era sull'orlo di un esaurimento, mi venne in mente, come possibile destinazione, la casa di mio padre. Temevo che, a sentirmi controllare tutti i giorni il colorito, sarei diventata ancora più strana. Eccezionalmente la mamma ebbe una lunga conversazione telefonica con mio padre, e disse che aveva deciso di affidarmi per qualche tempo a lui. A me disse, furbescamente: "Mi raccomando, controlla con i tuoi occhi se si vedono altre donne in circolazione. Per quanto uno possa fare il furbo, lo spirito di osservazione di una donna è troppo forte. In questo mi fido molto più di te che di tuo fratello. Mi raccomando, perché quello che mi dirai mi servirà a prendere le mie decisioni". Ma io non ero la persona adatta a svolgere quel compito. In quel momento, che papà potesse avere una donna, un uomo, un orso, non mi poteva importare meno. Dovevo impiegare tutte le mie forze a tenermi in piedi.

Quando mio padre, che aveva sempre guidato Crown o Benz, è venuto a prendermi alla stazione in un'auto a quattro ruote motrici era così improbabile che sono scoppiata a ridere. Troppo depressa perfino per mangiare il mio *o-bentō*, quando vidi mio padre dimagrito scendere agilmente da quel macchinone mi rasserenai di colpo. In un certo senso ebbi la sensazione che la mia mente avesse avuto come un cambiamento improvviso.

L'interno della macchina era pulito e ordinato in maniera quasi insopportabile, sembrava la stanza di mio padre a casa.

Era così ordinata che era difficile entrarci a cuor leggero.

Papà, che non vedevo da tanto tempo, mi parlò come fossi stata una bambina.

"Ho saputo che hai lasciato la ditta."

"Già."

"Spero che resterai un po'. E se vuoi restare da sola, io posso anche tornare a casa."

"Hmm..."

Gli alberi fuori, il colore dei rami, il colore della terra. Su quella tortuosa strada di montagna, guardavo attenta quel paesaggio a me nuovo.

"Papà, sicuro che non ti do fastidio? Non è che stai vivendo con una donna?" chiesi.

"È stata la causa per cui sono andato via, ma ora non c'è più" rispose. "Per vivere in un posto così ci vuole una certa determinazione, ma se ci si abitua si sta bene."

"Ah sì?" dissi non molto convinta.

Non torna a casa, anche se non ha una donna, pensai. Non sapevo se per mia madre fosse una cosa positiva, o no.

Quando era successo che la mamma aveva dimenticato di essere una donna? Oppure nutriva ancora dei rancori profondi? Non capivo nulla, era come se si trattasse di una coppia sconosciuta. E poi, per il fatto che non vivevamo insieme da un po' di tempo, mi sembrava che mio padre mi parlasse come se fossi una bambina.

Poiché sul sedile c'era un bruco, feci un gran baccano.

"Ma come? Tu che un tempo prendevi in mano i bruchi con la massima tranquillità!" disse mio padre ma poi, rassegnato, fermò un momento la macchina, con un fazzoletto di carta lo prese e lo gettò fuori.

"Anch'io sono sorpresa di me stessa."

Quando la mia resistenza nei confronti dei bruchi si era abbassata sino a ridursi a zero? Ero molto stupita di questo. Da quando avevo toccato l'ultima volta un bruco, le mie informazioni a riguardo non erano cambiate, eppure, per il solo fatto di non esserci più abituata, avevo avuto tanta paura... Fino a che punto avevo sacrificato la mia sensibilità? In quel momento, alzando lo sguardo verso il cielo, lo trovai veramente strano. Sì, perché da bambina raccoglievo i bruchi in una bottiglia e poi li liberavo. Accovacciata a lungo per terra guardavo le cavallette che volavano in mezzo all'erba una dopo l'altra, di un verde più brillante dell'erba. Oppure afferravo rapida una farfalla che si era fermata sullo steccato, e dopo averla osservata a lungo, aprivo la mano lasciandola andare. Era raro che le uccidessi. Le toccavo e le guardavo soltanto. Mi piaceva anche guardare le uova delle falene attraverso il vetro, trasparenti e brillanti, con la vita che si muoveva dentro di esse. Il mondo era talmente grande da darmi i brividi. Possibile che ora non sentissi più niente? Il cielo era soltanto il cielo, e la terra aveva il colore della terra. Non c'era più la profondità di un tempo, vertiginosa e infinita come i disegni sulle ali delle farfalle.

"Che ne dici, papà, non sarebbe bello se vivessimo tutti qui, inclusa la mamma? Coltivando i campi, prendendo gli insetti, lavorando tutti tanto, mangiando tanto la sera e poi dormendo profondamente. Tutti in fila. Nel buio" dissi.

Era una scena talmente impossibile e lontana che mi veniva quasi da piangere. Ma perché? Perché era così impossibile? In che cosa, dove avevamo sbagliato? Forse nello stesso percorso nel quale io avevo perso la mia sensibilità per gli insetti, anche qualcosa nella mia famiglia, un poco alla volta, era andato perduto.

Mio padre non rispose nulla. Sballottata dall'automobile, la testa che riceveva scosse, provai una specie di vertigine. Negli occhi tutto era verde, verde, verde.

Eppure quello scenario già perduto dall'inizio si incise con chiarezza nella mia mente, come le luci sulla strada di montagna di notte. La famiglia riunita intorno al tavolo alla luce di una lampadina. Spenta la televisione, non si sente che il suono degli arbusti che tremano al vento. La notte è più buia. Il respiro di mio fratello nel sonno. Il russare di mio padre. I capelli fuori posto di mia madre. Una famiglia stretta nella notte...

Vivendo con mio padre l'ho capito perfettamente: la famiglia può funzionare solo quando l'uomo e la donna si dividono i compiti con estrema serietà.

All'inizio mi svegliavo in preda agli incubi e dormivo poco, quindi ero sempre giù, ma di cose da fare ce n'erano molte, e così dandomi da fare il tempo che passavo graziosamente sprofondata nell'ozio diminuiva gradualmente. In cambio delle incombenze che svolgevo nella mia vita lì, ricevevo un senso di benessere. Era una ricompensa visibile.

Mio padre era incapace di tostare il pane, quindi se volevo evitare i suoi pessimi toast, dovevo essere io a occuparmene. A questo scopo, mi svegliavo prima. Quando non pioveva, andavo a piedi a comprare il pane appena sfornato in una panetteria a due chilometri di distanza. Le strade di montagna erano asfaltate, perciò non è che avessero questo grande fascino, ma le possenti piante di montagna che sembravano entrarmi dentro e che invadevano le strade allungandosi, mi sopraffacevano con la violenza dei loro colori. Stanca per il camminare, la mente smetteva di girare e non me ne importava più di come mi vedevano gli altri, se la mia fronte era bella o brutta. Pensavo che se qualcuno, vedendomi così stanca, non mi trovava carina, non me ne importava nulla. La faccia di lui non mi affiorava quasi mai alla mente. Quando compravo il pane, c'era solo il pane. Era una splendida forma di rieducazione. Forse in quel periodo avevo energia fisica in eccesso, e per questo potevo pensare a cose superflue.

Tornata a casa cucinavo le uova da sola, mettevo in fila le fette di pane, mangiavo guardando la televisione insieme a mio padre, bevevo molto caffè e facevo le pulizie.

Mio padre tagliava la legna per il fuoco.

Era da tanto tempo che non vedevo mio padre fisicamente così attivo.

Andare a fare la spesa al supermercato la sera era l'unico divertimento della giornata. Vedere cibarie di tutti i tipi disposte in fila, illuminate dalla luce della civiltà, mi faceva saltare di gioia. E poi, pensare a cosa cucinare era il tema principale della giornata. Nella libreria del supermercato compravo molti libri e provavo a leggere a letto ma diventava talmente scuro che finivo col guardare il buio e le stelle e mi addormentavo subito.

"Sei proprio in forma..." mi diceva mio padre stupito.

Lo sapevo anch'io. La casa governata da mia madre era ordinata e piacevole, ma il disordine creato da mio padre coi suoi calzini puzzolenti, le mutande con un rigo marrone, i peli del naso lunghi e le scarpe imbrattate di fango, non era solo una cosa fastidiosa a cui bastava fare l'abitudine, ma una forza che girando faceva andare avanti la vita. Il fatto che in casa ci fosse un uomo che invecchiava. E inoltre il fatto che parallelamente ci fosse, sebbene separata, una donna che invecchiava. E che la bambina generata da loro, diventata grande, fosse adesso qui e che alla fine sarebbe invecchiata anche lei.

Perché mi ero indebolita fino a quel punto?

Non era solo che la natura era meravigliosa. Vedevo gli sceneggiati in tivù, percorrevo strade asfaltate e al supermercato avevo a disposizione le merendine più nuove. Ero più che consapevole che questa era una falsa vita di campagna. Che cosa era quello che avevo perso? Non era mio padre. Forse il modo di vivere? Adesso, se pensavo a quel periodo, mi venivano in mente degli esseri alieni che vivevano con solo la testa che galleggiava. Avevo la sensazione che andassero avanti e indietro senza corpo, solo con la testa impegnata a pensare a questo e quello, assenti, in uno spazio simile all'acqua, come meduse. Senza distinzione di sesso, senza desiderio. Incapaci di muoversi come pensano.

Questa era la sensazione che avevo.

Cara Sanae,
come stai? Qui alla ditta si sente molto la tua mancanza. Pare che il capo divisione abbia fatto qualcosa con la nuova ragazza part time, la moglie telefona ogni santo giorno e tutti sono eccitati. Per un po' di tempo si è parlato molto di te. Il fatto che tu ci abbia lasciato ha colto tutti di sorpresa. Sai, l'immagine della donna terribilmente ferita. Per la Takahashi, è una situazione difficile da sostenere. Ma ben le sta, no? Proprio mentre la pancia si ingrossava, pare che il suo rapporto con Shimizu si sia un po' rovinato. Comunque, che noia adesso! Quanto vorrei nell'intervallo del pranzo poter mangiare una pizza e dividere un bicchiere di birra con te. Certo che a pensarci bene, con tutto il lavoro che facevi quando eri qui, il fatto che senza di te la ditta non sia andata a rotoli è incredibile. Io non ho particolari novità. I soliti incontri col mio solito ragazzo. Il week-end praticamente viviamo assieme. Mah, vedremo che succede. Ah, recentemente hanno aperto un piccolo ristorante dalle parti di casa mia, una sera ho provato ad andarci da sola, e c'era un'atmosfera molto simpatica,

penso che lì si possano fare anche amicizie. Quando torni ci andiamo. Come va la vita con tuo padre? Penso che la natura guarirà le tue ferite di cuore. Fai attività fisica, respira quell'aria pulita e risorgi, mi raccomando! A presto.

No, è un po' diverso. C'è qualcosa di diverso. Capisco le cose che dice, e a grandi linee corrisponde, ma c'è qualcosa di diverso... pensai dopo aver letto quella lettera. Davvero quando lavoravo alla ditta lei era la persona cui ero più amica? No, era solo una con cui mi trovavo bene, come capitava con le amicizie della scuola. Era una brava ragazza, certo, ma ormai era lontana. Forse addirittura non l'avrei più rivista. E se le cose tra la Takahashi e lui andavano bene o meno, non mi interessava. Perché ero stata con quell'uomo? Lo incontravo, ci camminavo a braccetto, ci andavo a letto anche se non sentivo un vero trasporto per lui, fingevo di provare un sentimento di affetto, e anche se in realtà il mio cuore era freddo, gli sorridevo con tenerezza. Era perché avevo tempo da perdere. Anche se adesso ho tanto tempo in più, in quei giorni di lavoro frenetico avevo molto più tempo da perdere. Voglio dire dentro di me.

La lettera di quell'amica dei tempi della ditta mi arrivò in un giorno di pioggia, il primo dopo tanto tempo. Quando ebbi finito di leggerla, mi lasciò un sapore spiacevole, e quel giorno non uscii di casa e restai a guardare la pioggia dalla finestra. Non era il sapore di un amore andato male. Era il peso di quel tipo di vita vissuta senza chiarezza mentale. Forse è così che si sentono le persone quando abbandonano una setta religiosa di cui erano diventati adepti e nella quale si erano buttati anima e corpo per un po' di tempo, pensai. Sarebbe stato meglio se avessi vissuto la fine di un amore con una persona che almeno avevo amato davvero. O se fossi stata davvero occupata a causa del lavoro, un lavoro che mi piaceva. Ma avevo la sensazione che in fondo il lavoro non mi tenesse davvero occupata, era solo che mi agitavo come una forsennata. Mi vergognavo. Come ero arrivata a convincermi di essere innamorata di una persona che non mi piaceva nemmeno? Perché non avevo altro da fare? Perché mi era sembrato valido uno che non era interessante né come persona né come uomo, e che mancava completamente di giudizio? Magari fosse stata la forza dell'amore! Ma sapevo che la ragione era un'altra. E cioè che non avevo fiducia in me stessa, mi sentivo in colpa per il fatto stesso di vivere, e quindi avevo finito col convincermi che dovevo considerare con gratitudine un uomo che mi corteggiava dicendomi che era attratto da me. Se davvero lo avessi amato, anche se avessi pianto fino a diventare pazza, anche se fossi impazzita davvero, i colori sarebbero stati smaglianti come quelli degli alberi colpiti dalla pioggia.

Continuai a lungo a guardare quegli alberi inzuppati d'acqua. Mi sembrava che le foglie godessero di sentirsi bagnare dalla pioggia, come noi esseri umani quando respiriamo. Le gocce trasparenti scorrevano rapide sulla loro superficie brillante. Era una visione sensuale. Io guardavo seria e assorta il giorno di pioggia passare. L'odore della terra bagnata, l'odore del verde. Anch'io ho un odore, pensai. Si sprigiona da me. Ero lì, lo sguardo alla stessa altezza degli alberi di quella foresta, e come loro guardavo in alto verso il cielo. Nel vetro della finestra, strisce trasparenti di pioggia scorrevano senza interruzione, tagliando i colori sfumati della foresta come in un film.

Fino a quando la stanza diventò buia, restai a guardare fuori, senza pensare a nulla.

Avevo la sensazione che, mentre il cielo biancastro via via si incupiva, il rumore della pioggia diventasse sempre più forte.

A un certo punto avevo cominciato a sonnecchiare, ma fui svegliata da un odore di grasso che veniva dalla cucina. Era un odore familiare, nostalgico. Che cos'è?... mi chiesi ancora un po' intontita. Fuori era buio pesto. Quella sera non cantavano neanche gli uccelli. Andai in cucina. Vidi la schiena magra di mio padre che stava friggendo delle uova.

"Wow, che nostalgia, l'omelette di papà!"

Quell'omelette con le cipolle, che avevo mangiato tante volte da piccola, era dolce e aveva un forte sapore di burro, e ci voleva una giornata intera per digerirla ma stranamente era squisita e a casa nostra aveva grande successo. Forse tra le cose che faceva mio padre quell'omelette era l'unica che avesse tanto successo. Io cominciai a preparare la cena: tirai fuori le birre, aggiunsi dei funghi passati in padella al riso avanzato dal giorno prima. Mio padre finì di cuocere l'omelette.

"Il segreto è mettere il burro all'inizio, con gli altri ingredienti" spiegò.

"Ah, non lo metti sul fondo della padella?" chiesi.

"No, sul fondo della padella non bisogna mettere niente" rispose.

"Non l'avevo immaginato. Perciò ha quel gusto così denso. Ma è quello che la fa essere così buona."

"Proprio così" disse mio padre con fierezza.

La sera in quella casa temporanea, il sapore della cucina di mio padre su quella tavola così semplice. Nel mio futuro non c'era nessuna prospettiva, e in quel momento c'era solo il presente. Capii un poco la ragione per cui mio padre, anche se era amato dalla famiglia, invece di tornare a casa se ne stava lì. Perché non aveva nessuna prospettiva, niente di giusto o di convincente davanti a sé.

Il sapore di quella omelette, mangiata dopo tanto tempo, mi dava una nostalgia da morire, e io, che dopo tanto tempo avevo la sensazione che vivere avesse un significato, finii col bere troppa birra. Va be', tanto dopo aver visto uno sceneggiato o qualche altra cosa me ne andrò a dormire, pensai. Nel vivere ci sono davvero tanti significati, e una quantità incredibile di scene, più numerose delle stelle, tante da non poterle ricordare a una a una, inonda il mio spirito, però mai più cercherò di attribuire alla vita dei significati, mai più cadrò in un errore così brutto e meschino.

THE SOUND OF SILENCE

Come mai succede spesso che delle persone amiche riescano a intuire, da alcuni impercettibili segni, diverse cose che sarebbero dovute restare nascoste? Quando, e come, le hanno sapute, visto che nessuno ha fatto nulla perché le sapessero?

È un dubbio che mi ha assalito più volte nel corso della mia vita.

È una sensazione simile a quella di chi, in una casa dove è saltata la corrente, va avanti dritto e senza esitazioni lungo il corridoio buio, diretto all'interruttore generale. Oppure di chi, avendo fatto cadere una cartolina dietro la scrivania, cerca di avvicinarla usando una riga. Sebbene si conosca l'oggetto, lo si possa toccare con mano e ci si muova in modo normale, per qualche ragione non lo si può vedere chiaramente. È la stessa sensazione frustrante e precisa.

Lo pensavo per esempio ai tempi della scuola nel constatare che, anche se una tentava di tenere nascosta una storia d'amore alle proprie amiche, ognuna finiva sempre col capire chi piaceva alle altre, o nel vedere i ragazzi che si innamoravano della ragazza dell'amico e glielo tenevano nascosto, o giovani professori che non stavano ancora insieme ma erano reciprocamente attratti.

Oppure, quando un'amica, pur non dicendo nulla, soffriva molto perché i suoi genitori, che si comportavano come se andassero d'accordo, in realtà avevano rapporti gelidi, io lo sentivo.

Il movimento degli occhi, il posto dove metteva le mani, il cambiamento nel modo di vestire. Quando le davo un piccolo aiuto, quando per qualche ragione si stupiva... qualcosa veniva in superficie. Ma anche se non c'era un pretesto in particolare, a un certo punto lo sapevo. Tutti più o meno lo capivano. Anche se non affiorava sino alla superficie della coscienza, in qualche parte profonda lo sentivo.

Anzi, la persona che nasconde e quella a cui viene nascosto, in una parte profonda di loro stesse, sanno tutte e due di sapere. Anche se la differenza sta solo tra il dire e il non dire, a causa del fatto di aver tracciato una linea, man mano che aumenta il peso del tempo, può anche crearsi una grande lacerazione. Ma può anche accadere che, per il fatto di non aver detto, si possano evitare delle irreparabili ferite. A seconda del carattere dei personaggi coinvolti, quale sia la soluzione migliore può variare, ma ad ogni modo, l'unica cosa che mi sembra sicura è che il corpo e la mente delle persone ricevono e trasmettono molte più informazioni di quanto le persone stesse non pensino. Questa colorazione misteriosa a volte mi spaventa, perché mi dà la sensazione di essere completamente esposta, a volte mi conforta e mi stringe il cuore.

Per il viaggio dopo il diploma di liceo, avevo deciso di andare con un'amica a Guam per prendere la licenza di sub, e quando dovetti rinnovare il passaporto, per la prima volta andai da sola a farmi dare una copia del registro di famiglia, e quando la vidi, pensai: Ecco.

Quando avevo detto a mia madre che dovevo rinnovare il passaporto, lei aveva fatto una faccia che sembrava dire: È arrivato il momento, ma un attimo dopo tirò fuori il certificato dell'assicurazione e il sigillo* come se niente fosse. Non

* Il sigillo con il proprio nome che in Giappone si appone sui documenti ufficiali al posto della firma. [*N.d.T.*]

so se lo fece perché voleva dirmi: Ormai sei grande, pensaci da sola, o perché aveva deciso di continuare a far finta di niente. L'unica cosa di cui ero sicura era che l'avevo vista esitare. Lei aveva esitato, io me ne ero accorta, ma avevamo perso per l'ennesima volta l'opportunità di chiarire tante cose.

Mio padre e mia madre erano ormai abbastanza avanti negli anni, e da quando mio padre era andato in pensione la mattina non si lasciavano mai mancare la loro passeggiata. Anche nelle più fredde mattine invernali, camminavano a lungo, con calma, l'uno accanto all'altra. Indossando i loro vecchi cappotti neri fatti fare insieme dal sarto, a braccetto lungo l'asfalto che brillava alla luce del mattino, camminavano in silenzio. Ma facevano tenerezza anche in versione estiva, nel loro abbigliamento un po' sbilanciato: lui in tuta e lei in camicia di lino.

Io che la mattina mi alzavo tardi, nel guardarli dalla finestra mentre uscivano di casa e si incamminavano mi dicevo spesso: Certo che se ci penso, è davvero strano che questi due anziani signori siano il mio papà e la mia mamma.

E se cercavo di pensare oltre, da sempre mi venivano in mente, in modo del tutto automatico, due scene.

Una era quella in cui mio padre pronunciava una frase. Lo faceva ogni volta che in casa sorgeva qualche dramma. Mia madre, in preda all'isterismo, urlava e si agitava, io piangevo e mia sorella si chiudeva in un ostinato silenzio... e a far cessare questo dramma che si ripeteva ogni volta uguale era sempre la stessa frase di mio padre:

"Ve lo chiedo per carità, non mi fate ricordare di quella volta".

Io che ero piccola non capivo il significato di quelle parole. Però nel sentirle mia madre e mia sorella si calmavano immediatamente e l'impeto del dramma si esauriva di colpo.

L'altra era una scena di un viaggio fatto una volta tutti e quattro insieme all'inizio dell'autunno.

Lungo il cammino della mia vita, in molte occasioni mi era tornata alla mente, in una ripetizione inesorabile. Ricordo perfino il gioco mutevole di luci e ombre, ed è così abbagliante che devo socchiudere gli occhi. Ho l'impressione di dissolvermi nello scintillio della superficie dell'acqua.

Ho una sorella di quindici anni più grande.

Mia sorella col suo viso un po' anni settanta era abbastanza bella, si divertiva molto e aveva successo con gli uomini. Siccome era sempre in giro a divertirsi non passava molto tempo in famiglia, ma con me era molto affettuosa, mi portava in tanti posti e mi comprava un sacco di cose. Si occupava di me fino a diventare invadente, metteva becco anche nei miei rapporti con gli amici, e d'estate mi aiutava a fare i compiti per le vacanze fino a tarda notte.

Negli occhi e nel comportamento di mia sorella c'era una forza che non si addiceva alla sua età, e quando la scorgevo avevo la sensazione di percepire un'estrema tensione.

Quell'anno, nostro padre era appena passato a un'altra ditta. Poiché non poteva prendere molti giorni in estate, si era deciso che avremmo aspettato l'inizio dell'autunno per andare in una stazione termale. Poi scegliemmo anche l'albergo, che era gestito da un conoscente di papà. Era un albergo vecchio ma elegante, dove ogni stanza aveva un suo piccolo bagno termale, e ci fermammo lì due o tre notti. All'epoca dovevo avere più o meno dieci anni.

Come mai i ricordi dell'infanzia hanno dei colori così vividi?

Il trucco della mamma vestita nei suoi abiti migliori, il colore della camicia a mezze maniche di papà mi appaiono molto più chiari e netti del paesaggio che ho davanti agli occhi in questo momento.

"Più tardi, dopo cena, andiamo a bere da qualche parte. Qui non c'è niente. Continuando su questa strada c'è un'osteria, genere un po' di paese" disse mia sorella.

Era distesa, e si metteva lo smalto sulle unghie delle mani.

"Ma che fai? Non mettere quello smalto così rosso!" disse mia madre. "Io mi vergogno a farmi vedere in giro con te."

"Sì? Allora lo copro con un altro" rispose mia sorella.

Ma sapevamo tutti che sarebbe uscita così, con quello smalto rosso sulle unghie.

"Io non ci vengo, dopo aver cenato sarò troppo pieno" disse mio padre, leggendo il giornale.

"Va bene, andiamoci noi tre: solo donne" disse la mamma.

"Vieni anche tu, sai? Non ti addormentare" disse mia sorella, dandomi un leggero colpetto al piede. E fece un sorriso di intesa, arricciando un po' il naso. Era un'espressione di mia sorella che mi piaceva tanto.

Nel giardino dell'albergo, gli alberi ancora verdi spiegavano i loro rami contro il cielo un po' pallido dove si intravedeva qualche sospetto di autunno. Ogni tanto nello stagno subito fuori dalla stanza saltava qualche grossa carpa. In quella stanza sconosciuta, immersa nell'ombra, mentre guardavo la luce nel giardino, era straordinariamente piacevole il solo fatto di stare così, oziosamente, ognuno a fare quello che gli piaceva. In famiglia andavamo davvero d'accordo, come si suol dire eravamo "amici". Papà e mamma nonostante il passare del tempo continuavano a mantenere un rapporto di uomo e donna, e tra la mamma, che sembrava più giovane, e mia sorella, che aveva sempre avuto un'aria più adulta dei suoi anni, c'era un rapporto di complicità come tra sorelle. Io era ancora una bambina insignificante, ma a volte, come in questa occasione, mi includevano nelle loro uscite e io, tutta felice, partecipavo al mondo degli adulti.

A mia sorella il piccolo bagno termale annesso alla stanza piaceva da morire, e durante il giorno stava lì all'infinito senza quasi uscire. Tanto da preoccuparsi che stesse lì dentro nuda per tanto tempo. E quel pomeriggio non so per quale ragione mi portò con sé e facemmo il bagno insieme.

Sebbene fosse fatta di rocce, in realtà la vasca era poco più di un giocattolo, l'acqua era vera acqua termale ma piuttosto tiepida, e anche lo steccato che divideva questa zona dal giardino era in miniatura. Dalla vasca si sentiva perfettamente il sonoro della televisione che era nella stanza. La vasca era quindi molto piccola, e se si faceva il bagno in due, mentre una era immersa nell'acqua, l'altra poteva tenerci al massimo i piedi. Nostro padre disse che a lui un bagno così piccolo non piaceva per niente, e andava in quello grande dell'albergo, e la mamma non lo utilizzava così tanto, perciò era come se avessimo un bagno termale privato, tutto per noi.

Mia sorella aveva messo una bottiglia di sakè in una bacinella piena di ghiaccio, e lo beveva sorseggiandolo piano. Io avevo messo nel ghiaccio un succo d'arancia, e imitandola bevevo anch'io a piccoli sorsi. Era un giorno di forte vento, e ogni tanto da uno squarcio tra le nuvole filtravano dei raggi di sole molto intensi. Stava per scendere la sera e mentre guardavamo la luce mutare lentamente colore, io e mia sorella ce ne stavamo a bagno senza parlare.

Oltre lo steccato, si vedevano le montagne fitte di vegetazione, dalla forma simile a quella delle ghiande. Anche in quelle montagne dai contorni indistinti, colpiti dalla luce d'oro del sole al tramonto, il verde degli alberi cominciava a sprigionare una luminosità sublime. Anche le nuvole che scorrevano senza pausa nel cielo cominciavano a tingersi di rosa, vaporose come zucchero filato.

Quella sottile trasformazione, che per quanto uno potesse fissarvi lo sguardo era impossibile fermare, era una successione di colori smaglianti che si potevano vedere solo per un istante.

Appena sentivo un po' freddo tornavo a immergermi in quell'acqua tiepida e quando mi ero riscaldata uscivo e bevevo un sorso di succo d'arancia.

Mia sorella era completamente ubriaca, e beveva il sakè accompagnandolo con delle alici secche, con aria contenta. Stava stesa comodamente con le braccia appoggiate alla vasca e canticchiava a bocca chiusa.

Sì, quando mia sorella era di buonumore chissà perché canticchiava sempre la famosa canzone di Simon & Garfunkel *The Sound of Silence*. Ma la cosa tremenda era che la cantava cambiando le parole, adattandole alla musica. La sua canzone diceva:

"Le mutande del vecchietto... Le mutande del vecchietto-o... Le mutande, le mutande del vecchie-etto...".

Pare che fosse un gioco che andava di moda a scuola, ma il modo di fare di mia sorella che, dimentica di tutto, cantava quella canzone nel bagno termale faceva proprio venire in mente un vecchietto ubriaco. Le sue lunghe gambe attraverso l'acqua sembravano deformate. I peli del suo pube che uscivano a metà dall'acqua ondeggiavano come alghe. Il sudore le scorreva in mezzo ai seni.

Mentre la guardavo fissa, pensai: Ah, le unghie delle nostre mani hanno la stessa forma, si vede che siamo sorelle.

Anche le unghie dei piedi, anche le onde dei capelli, anche la forma del naso si assomigliavano molto. Anch'io quando sarò grande diventerò una signorina come lei? pensai.

Entrai in acqua con un tonfo e dissi:

"Io tra poco esco".

"Va bene, io resto a bere ancora un po'."

"Senti..."

"Cosa?"

Non so ancora adesso perché le feci una domanda come quella.

"Io e te ci assomigliamo come mamma e figlia, vero?"

Mia sorella sgranò gli occhi, poi abbassò le lunghe ciglia, ma fu solo per un breve attimo. Simulò un mezzo starnuto, con un gesto dinamico tirò fuori la bottiglia dalla bacinella e la versò nel bicchiere. Quindi bevve tutto d'un fiato e si immerse nell'acqua fino alla testa. Mentre io la guardavo stupita, disse: "Ah, mi sento meglio!" e uscì fuori dall'acqua come un mostro marino.

Poi di nuovo ci fu un momento di silenzio.

Istintivamente, alzai gli occhi verso il cielo. In quella breve pausa in cui avevo distolto lo sguardo, il suo aspetto era mutato ancora. Tutto si era acceso di un rosa pazzesco, e anche gli uccelli sembravano intinti in quel colore. Le montagne che fino a poco prima erano verdi adesso sembravano essersi di colpo ricoperte di rosse foglie autunnali.

Mia sorella, strizzandosi via l'acqua dai capelli, ricominciò a cantare: "Le mutande del vecchietto...". Era un modo incredibilmente abile di eludere.

Poi tutto tornò come prima ma in quel silenzio che era sembrato durare un'eternità... il tempo si era distorto, allungato, e mi aveva precipitato di colpo, in quella risposta mancata, nel mondo di una realtà completamente nuova. Mentre il cielo cambiava colore momento per momento, nella banale, calda intimità fra sorelle, costruita nei tanti giorni passati insieme, i corpi attaccati come animali, io, come spiando un lago trasparente, avevo trovato la verità negli occhi di mia sorella.

Chissà perché mi riaffiorò alla mente anche l'espressione di mio padre che diceva: "Non mi fate ricordare di quella volta".

Mentre ero immersa nell'acqua con le mie braccia e gambe esili e il torace quasi piatto di bambina, tirai fuori, con una freddezza e una furbizia superiori a quelle di un adulto, la decisione di far finta di non essermi accorta di niente.

Quando tornai a guardare fuori, il cielo aveva già cominciato a scurirsi e il rosa si stava trasformando in indaco.

"Guarda quel rosa laggiù, sulle montagne. Se l'amore ha un colore, sarà sicuramente così" disse mia sorella. Ubriaca com'era, forse aveva già completamente dimenticato il momento di prima ed era tornata di buonumore. Poi sorridendo tutta contenta senza ragione, con il dito indicò lontano.

"È veramente bello" dissi, guardando anch'io in quella direzione.

Sulle cime delle montagne, brillavano gli ultimi residui del sole, tremando come fiamme o vampe di calore.

Quando ero alle medie, mia sorella rimase incinta di un americano con cui aveva una storia e se ne andò di casa.

Mia madre cercò di convincerla ad abortire: come avrebbe fatto a vivere in un paese straniero? Quell'uomo non aveva ancora avuto il divorzio dalla moglie, no? E poi si sapeva che lì tutte queste cose finivano in tribunale, e lui sarebbe rimasto senza un soldo.

Ma in realtà in famiglia capivamo benissimo che la mamma parlava così perché aveva paura di perderla.

Ma forse ormai non era più possibile tenere prigioniera la mia sorella ribelle in questa piccola scatola chiamata casa...

Sebbene triste e frastornata, ascoltavo cercando di farmi forza.

Poi restai a guardare i disegni nel mio cuore andare e venire, comporsi nelle venature del marmo, poi confondersi. Se pensavo che era mia sorella, sentivo solo un po' di tristezza. Ma se non era così, allora una cupa e nera gelosia mi montava dentro. In un attimo provavo un odio senza confini per tutti e tutto: per il bambino che doveva nascere, per la nuova vita di mia sorella, per il fatto che se ne andava lasciandomi lì, rinunciando a vedermi crescere. Ma se pensavo: È mia sorella, quello stato d'animo si scioglieva come neve sulla stufa, senza lasciare traccia. Restava solo, come acqua pulita, il pensiero: Che peccato, mia sorella se ne va... Guardavo con curiosità i miei sentimenti girare vorticosamente tra due colori opposti come la pallina in una roulette.

Finita la cena, ne parlammo tutti insieme a tavola, mangiando le paste e la frutta. Mio padre, guardando la televisione come se non prestasse troppo ascolto a noi, ogni tanto borbottava qualcosa del genere: "Fai quello che vuoi".

Eravamo tutti molto tristi. Ma il fatto che mia sorella avesse un bambino nella pancia aveva ormai cambiato tutto.

La discussione si fece più tesa, mia madre cominciò ad assumere un tono un po' sarcastico, e finalmente dopo tanto tempo mio padre tirò fuori il suo cavallo di battaglia:

"Ormai sono vecchio, perciò vi prego, non mi fate ricordare di quella volta".

Ah, ha aggiornato la sua frase in versione terza età, pensai dentro di me.

In quel momento mia sorella disse:

"Ma cosa credi, anch'io non ho nessuna voglia di fare come quella volta: cancellare il fatto di avere amato qualcuno, farne ricadere tutto il peso su di voi, fingere tutto il tempo. Non l'ho mai detto, ma ho sempre pensato di avere sbagliato. Ormai non ho più rimpianti, ho vissuto felice, va tutto bene, ma una cosa del genere mai più. Lo so, faccio sempre cose azzardate e capisco che siate preoccupati, ma se provo di nuovo a fingere che non sia successo nulla, diventerò pazza".

Mia madre restò in silenzio. Mio padre annuì ma era un

gesto senza significato. Gli occhi di mia sorella fiammeggiavano ma subito dopo aver sputato quelle parole, il suo viso assunse un'espressione affettuosa e guardandomi disse:

"Vieni a trovarmi, eh, puoi anche venire a studiare lì".

Era la sua espressione che mi piaceva, quando sorrideva dolcemente, arricciando il naso.

Sorella, madre, con qualunque nome l'avessi chiamata, il rapporto non sarebbe cambiato. Era una delle poche cose che sentivo dal fondo del cuore. Nonno, nonna, papà, mamma, il problema non era quello. Noi eravamo una famiglia. Era molto più comodo pensare così. Era più allegro, e dava una sensazione di espansione. Sentii che come il rosa del cielo di quel giorno, una luce incandescente eppure delicata viveva momento per momento vivace, pulsante, come una corona solare, avvolgendo la famiglia che aveva accettato questa decisione.

Mia sorella adesso, a causa del lavoro di suo marito, vive in Canada. Ha un bambino, un maschio, quello che aspettava in quel periodo. Più o meno una volta all'anno io e mia madre andiamo a trovarla, o è lei che viene col figlio. Il bambino si è molto attaccato a me, quindi occuparmene è faticoso, ma bello. Con la sua vocetta carina mi chiama per nome.

Non mi sono mai pentita della mia decisione.

Quel pomeriggio all'inizio della primavera, nel vento freddo in cui già si mescolava il profumo dolce dei fiori della nuova stagione, e senza che mia madre avesse aggiunto alcun commento, andai a prendere il passaporto.

I grattacieli di Shinjuku si stagliavano contro l'azzurro del cielo.

Mentre lo guardavo pensavo alle montagne quel giorno, alla lunghezza di quel silenzio.

Rividi il colore dei capelli bagnati e luccicanti di mia sorella che era venuta fuori dall'acqua come dopo essersi immersa in qualche luogo profondissimo, e aveva cominciato a canticchiare come se non fosse successo nulla.

Devo fare la spesa, comprare i contorni per la cena, stasera cucino io, farò il riso misto al vapore che piace tanto a papà. E poi la verdura bollita con salsa di soia, il brodo di ostriche... ripetendo tra me e me, sottovoce, come una formula magica, parole di tutti i giorni come queste, io che per un poco avevo lasciato vagare i miei pensieri, ritornai alla mia vita di sempre.

EQUILIBRIO

"Ehi, quel signore laggiù non fa altro che aprire il suo libretto bancario" mi bisbigliò la ragazza tornando dopo essere andata a prendere l'ordinazione.

"Ah sì?" dissi.

Ormai in quel locale qualunque cosa accadesse non mi sorprendeva più di tanto.

Grazie ai contatti di mio padre, che aveva un piccolo ristorante, lavoravo in quel caffè, riservato ai soli soci, che era di proprietà di una grande impresa.

Il caffè era enorme, sempre in penombra, progettato da non so quale famoso giovane architetto, arredato da una nota designer, e sebbene fosse in perfetto stile giapponese, era un locale di gusto moderno. Arredi e vasellame erano tutti di pregio, e sebbene non fossero, a quanto si diceva, particolarmente antichi o costosi, erano tutti raffinati e di ottima qualità. Siccome molti dei clienti erano persone di una certa età, di gusti esigenti, il caffè e il tè venivano preparati con i migliori ingredienti e con la massima cura, un aspetto del locale questo che mi piaceva molto.

Venivano vari tipi di clienti. Si tenevano trattative d'affari, incontri che non si potevano fare in pubblico, c'erano amanti clandestini, bambini terribilmente arroganti, forse perché figli di persone straricche, vecchi che camminavano a stento, persone che leggevano, coppie di anziani che venivano tutti i giorni dopo la loro passeggiata del mattino, insomma persone di tutti i tipi.

Non venivano serviti alcolici e da mangiare c'erano al massimo sandwich e dolci giapponesi, ma vi accadevano più o meno le stesse cose che accadono nei posti dove si beve, e gli argomenti di conversazione non mancavano. Però siccome era severamente vietato divulgare all'esterno le cose che succedevano, noi cameriere in minigonna nera e grembiule bianco smaltivamo la frustrazione spettegolando di nascosto fra noi.

"Ti giuro, era una cifra pazzesca, con un sacco di zeri. Forse vuole farla vedere?" disse la ragazza. "Vai tu a portargli il tè, così vedi. Ti assicuro che ne vale la pena."

"Va bene, vado io. Sono curiosa di vedere che tipo è uno che fa una cosa del genere."

Misi su un piccolo vassoio di lacca il tè verde che aveva ordinato e la tazza riscaldata, e lo portai al suo tavolo, che era piuttosto lontano.

"Prego, signore" dissi, e mentre gli servivo il tè, capii perché la mia collega aveva fatto tutto quel chiasso.

Quell'anziano signore sui sessantacinque anni, dal cappotto nero e il pullover di cachemire sciupato, aveva un aspetto molto distinto. Però spostava il suo libretto bancario verso di me in modo che potessi vederlo. Come un maniaco sessuale che apre la chiusura lampo per mostrare quello che c'è sotto.

Pensai che forse, se una di noi avesse guardato il suo libretto, quel signore dall'aria solitaria l'avrebbe usato come pretesto per criticarci e ne avrebbe fatto una storia lunga e fastidiosa. In effetti c'erano molte persone che cercavano di attaccar briga con le cameriere. Capitava anche che il carattere di alcuni cambiasse nel momento stesso in cui pensavano che quello era un circolo privato per il quale dovevano sborsare dei soldi.

Per esempio succedeva spesso che dei gruppetti di signore vestite con abiti di superlusso, tutte equipaggiate con borse di Hermes, si eccitassero parlando di argomenti incredibili, che sarebbe impossibile riferire, e perfino che clienti in fondo al locale, nella parte separata da porte scorrevoli, mettessero le mani sotto la gonna delle loro accompagnatrici. Ovviamente andando più volte a guardare con aria indifferente li facevo smettere, ma mi rendevo conto che il fatto di trovarsi in uno spazio tranquillo, circondati da tante cose belle nel vero senso della parola poteva anche non avere nessuna influenza sullo stato d'animo delle persone. Non ero così sprovveduta da indignarmi per cose come queste, ma era certo che mi rendeva più felice vedere la coppia di signori anziani che sorridendo si diceva: "Come è piacevole prendere il tè qui" o la signora di mezza età, divenuta socia perché il figlio lavora nell'impresa, venire qui con i suoi abiti semplici e bere con gusto il caffè.

...In ogni caso distolsi lo sguardo cercando di evitare a tutti i costi di vedere il libretto del signore. Tuttavia quando mi piegai in avanti per versargli la prima tazza di tè, egli mi spinse il libretto aperto proprio davanti agli occhi. Io girai la faccia di lato, guardando con la coda dell'occhio nel tentativo disperato di non far cadere fuori il tè. Quando, finito di versare, sollevata alzai il viso, con mia sorpresa infilò il libretto tra me e la teiera. Pensando: Ma questo è un manga! di proposito chiusi gli occhi, abbozzai un breve inchino e feci per allontanarmi. Al che lui si mise a sventolare forte il libretto aperto davanti alla faccia rivolgendolo verso di me.

A quel punto non potei trattenermi dal ridere. Anche lui si mise a ridere: Ah ah ah ah. Aveva una risata simpatica. Pensai che non faceva così per creare problemi e poi lamentarsi, e che voleva solo vedere la reazione, quindi gli dissi:

"Visto che ci tiene tanto, se vuole lo guardo".

E guardai attentamente il libretto. Effettivamente gli zeri erano troppi per poterli contare.

"Se la gente si accorge che ha tanti soldi, potrebbero rubargliierli. La prego, lo metta al sicuro" gli dissi sorridendo, e me ne andai.

"Accidenti, che coraggio!" mi disse la collega quando tornai al mio posto.

Circa tre volte alla settimana, quando mia madre voleva fare le faccende di casa, aiutavo a servire nel ristorante di mio padre. Era un piccolo locale in un edificio pieno di negozi e uffici ad Akasaka, e siccome di solito era frequentato solo dai clienti abituali, come secondo lavoro non era molto impegnativo. Non c'era un menu con diverse portate, mio padre cucinava a seconda degli ingredienti più buoni e meno cari che trovava ogni giorno, e non accettava prenotazioni. Forse per questa ragione, era raro che si affacciassero clienti troppo snob. Di solito i clienti di quel tipo preferiscono prenotare in anticipo. Forse non sopportano di fare un viaggio inutilmente. Al ristorante di mio padre c'erano soprattutto persone comuni, ragazzi abbastanza giovani che si atteggiavano da adulti, e anche alcuni clienti, di solito assimilabili al gruppo degli snob ma capaci di ritirarsi con disinvoltura se non trovavano posto. Del locale di mio padre amavo anche questo.

Il rispetto che avevo per il lavoro di mio padre credo venisse dal fatto che è una cosa che rende felici le persone. Pensavo con orgoglio al suo modo di ricevere i clienti senza fare distinzioni, prestando attenzione a tutti, offrendo sempre una tazza di tè caldo al signore imbronciato che arriva prima per tenere i posti ai suoi superiori e poi se ne sta solo e annoiato, e anche dopo continua a versargli il tè e a parlargli ma mai più del necessario.

Io avevo appena compiuto trent'anni e di solito ero la più giovane al ristorante, ma siccome il rigore verso il cibo e la sua preparazione mi era stato inculcato sin da bambina, non era per me particolarmente dura. Anzi, siccome imparavo molte cose lavoravo con piacere.

Ero disordinata nell'abbigliamento, quando mi spogliavo lasciavo i vestiti dove capitava, avvicinavo il telecomando col piede: in queste cose ero una tipica figlia dei miei tempi, ma non avevo trascorso la mia adolescenza mangiando patatine fritte da una bustina e bevendo birra dalla lattina. Anche quando ero sola, sebbene fosse una seccatura, preparavo sempre qualche piccolo stuzzichino, e anche se erano cose comprate già fatte almeno le mettevo in un piattino, e bevevo la birra dal bicchiere. Per me, nata da genitori che si erano conosciuti mentre studiavano cucina, era una cosa naturale. Non la consideravo neanche un pregio.

Anche il fatto di poter mangiare le cose squisite che mio padre preparava al ristorante mi rendeva felice. Sin da piccola ero cresciuta mangiando i suoi piatti, ma sul lavoro, anche se si trattava di una piccola cosa la preparava con un altro spirito. Di giorno guadagnavo il mio stipendio nel club privato, imparavo a preparare il tè e il caffè usando vasellame e ingredienti di qualità, e quando la mamma, che era più vecchia di papà, si fosse stancata, l'avrei lasciata riposare a casa, e finché papà fosse stato in grado di manovrare il coltello avrei lavorato ogni giorno nel suo ristorante, imparando tante cose: questo era il mio fermo e stabile progetto di vita. Non ero capace di imparare la cucina giapponese, ma pensavo che avrei potuto gestire una semplice osteria. Mi sarebbe piaciuto, anche in un lontano futuro, senza fretta, aprire un piccolo locale in cui avrei servito degli stuzzichini e del buon sakè, possibilmente con il mio compagno.

Ma a causa di quella vita così piena, la domenica la passavo a dormire come un sasso, e anche se avevo un ragazzo non riuscivo a trovare il tempo da passare tranquillamente con lui, e in breve tempo il rapporto si spegneva naturalmente. Avevo molte storie, ma duravano sempre poco.

Quel giorno, appena entrai nel ristorante, mio padre mi disse:

"Che cosa hai combinato al locale?".

"Qui? Ma se sono appena arrivata, e ieri sono tornata a casa con te" dissi.

"No, parlo dell'altro locale, quello di giorno."

"Niente, perché?"

Mentre cominciavo a preparare, mi apparve il viso del "vecchietto con il libretto bancario".

"Il signor Saitō ha fatto sapere che il proprietario ti vuole parlare" disse mio padre.

Il signor Saitō era uno dei clienti fissi, quello che mi aveva raccomandato al club privato. Ebbi un cattivo presentimento. E se il vecchio con il libretto fosse stato il proprietario, che finora al caffè non si era fatto vedere nemmeno una volta?

Ma subito il ristorante si riempì di clienti, fui presa dal lavoro e quel discorso restò in sospeso.

Il giorno seguente, il direttore del club mi disse di finire prima il lavoro e, dopo essermi cambiata nei miei abiti normali, di andare al tavolo in fondo al locale, che chiamavamo "il privé", e lì come sospettavo trovai seduto il vecchietto. Sotto una giacca imbottita di ottima qualità, portava il solito vecchio pullover di cachemire.

Sul viso della collega che venne a portarci l'acqua era scritto, molto più chiaramente che se l'avesse detto a parole: "Poverina, sarai rimproverata e licenziata, scusami, se non ti avessi detto di andare a guardare...". Io annuii sorridendo, cercando di trasmetterle il messaggio: "Non ti preoccupare" e dissi:

"Anche per me un tè verde".

Lei, tutta mortificata, si allontanò.

“La prego di scusarmi, non sapevo che lei fosse il proprietario” dissi.

Avevo sentito dire che questo signore si era ritirato dagli affari molto presto lasciando tutto al figlio, era stato uno dei fondatori di quella grande impresa ed era stato lui a decidere di aprire questo caffè, su suggerimento della moglie che aveva detto: “Sarebbe bello avere un posto, una specie di salone privato, in cui anche le famiglie degli impiegati potessero godersi un momento di calma”. Pare che avesse scelto come sede del bar dei locali all’interno dell’azienda, ma avesse pagato l’allestimento e gli arredi con i suoi soldi, cedendo tutti i proventi alla ditta.

“Niente, niente, colpa mia che non mi ero ancora fatto vedere” disse.

A guardarlo bene, aveva una pelle liscia e sembrava molto giovane.

“Tre anni fa ho perso mia moglie, e siccome mio figlio ha ormai una famiglia sua, mi sono trasferito in una casa più piccola. E quindi c’è anche il fatto che mi sono allontanato un po’ da questa zona. Prima di morire mia moglie attendeva con impazienza che questo locale fosse pronto, e venire qui ogni giorno era il suo sogno. Quello che vede qui è tutta roba che avevamo a casa: da quel mobiletto a questo servizio da tè. È morta appena prima che i lavori fossero terminati. In un locale come questo, il vasellame è destinato a rompersi rapidamente, e questo è triste, ma tanto quando uno muore non se lo può portare appresso. Nel deposito di casa sono rimasti ancora tanti oggetti. A mano a mano penso di portarli tutti qui” mi raccontò un po’ alla volta.

“Non è che io mi intenda di queste cose, ma qui c’è un’atmosfera rilassata, come essere a casa di una persona amica, perciò lavorarci è piacevole” dissi.

Ormai ero rassegnata a qualsiasi cosa, ma tentai, disinvoltamente, di fare appello alla mia capacità di reazione.

Ma come mai questo signore così distinto voleva mostrare il suo libretto bancario? L'uomo è un essere misterioso.

In quel momento la mia collega arrivò con il vassoio, e per la prima volta presi il tè da cliente. Era davvero ottimo. Sembrava che la tazza, nel toccare lievemente le labbra, ne esaltasse il sapore.

"Temevo di intristirmi, perciò non sono riuscito a venire."

"D'ora in poi spero che verrà spesso" dissi io sorridendo, anche se pensavo che stavo per essere licenziata.

"Le andrebbe di uscire con me, adesso?" chiese il signore.

Con tutta la buona volontà, un fidanzato più vecchio di mio padre non fa per me, per quanti zeri possano esserci sul suo conto, pensai.

Le parole "Se non accetto, sarò licenziata?" mi salirono fino alla gola. Ma nell'istante in cui stavano per affiorare alla bocca, la gola le bloccò. Lasciai perdere. Se anche avessero colpito nel segno, quelle parole avevano lo stesso grado di volgarità della frase: "Se esco con lei quanto mi dà?". Non erano parole da dirsi a un uomo con una lunga vita alle spalle, e che aveva perso la sua compagna. Nemmeno se aveva quel lato che lo portava a mostrare il suo libretto bancario.

A volte il mio corpo ha reazioni di questo genere. Qualcosa blocca le parole che spontaneamente arrivano fino alla gola. Il perché lo capisco solo dopo, quando cerco di spiegarmene la ragione.

Quindi, risposi:

"Finito qui, ho un altro lavoro. Non verrebbe al ristorante di mio padre? Siccome non si può prenotare, potrebbe essere tutto pieno, ma troverò il modo di farla sedere: alla peggio si può sempre mettere uno sgabello in un angolo del bancone, e le farò mangiare qualcosa di veramente buono".

Il signore fu per un attimo colto di sorpresa. Era normale, fino ad allora era stato in chissà quanti e quali ristoranti di lusso, e gli doveva sembrare una follia seguire come se niente fosse questa strana cameriera al ristorante di suo padre.

Però accettò di seguirmi.

Si chiamava Shinjō, il signor Shinjō. Quando entrai nel ristorante insieme a lui, per un momento mio padre mi guardò con l'aria di dire "Ti strozzo", ma subito lo spirito del ristoratore lo fece tornare in sé. Nel ristorante per fortuna non c'era ancora nessuno, perciò potemmo dargli un posto comodo e farlo bere con calma. Il signor Shinjō mangiò con moderazione cose buone e tornò a casa felice. Mentre saliva sul taxi in quello squallido vicoletto di Akasaka, salutandolo con la mano pensai: Ah, meno male, non solo ho procurato a papà un nuovo cliente, ma non sarò licenziata.

In realtà in quello stesso periodo ero coinvolta in un altro problema un po' delicato.

Un bambino delle elementari che abitava vicino a casa mia e studiava flauto con l'ambizione di entrare all'Università della musica, veniva spesso da me di notte perché lo ascoltassi suonare.

Era una cosa che andava avanti da quando lui era al primo o secondo anno delle elementari. Siccome il suono del flauto mi piaceva, se non durava troppo a lungo, lo lasciavo venire volentieri a casa, dove avevamo un pianoforte su cui mi esercitavo da piccola e che la mamma ancora suonava ogni tanto. La stanza del piano era insonorizzata, e lì lui poteva suonare il flauto di notte facendo tutto il rumore che voleva.

Lui mi diceva che i genitori lo ascoltavano ormai solo con la mente rivolta al futuro esame di ammissione, il maestro gli era odioso, e prima di entrare al liceo sperava di andare a studiare all'estero. Secondo quanto si diceva di lui nel vicinato, il ragazzo era un piccolo genio e certamente prometteva bene per il futuro, e se anche non fosse diventato un solista famoso in tutto il mondo, certamente aveva abbastanza talento per diventare un musicista di professione.

Poiché non mi piaceva dare troppo peso al talento di un ragazzino così piccolo, cercavo di pensare solo: Magari ogni tanto gli farà bene cambiare un po' aria. Mi sarebbe sembrata una forzatura dare importanza a quelle sue visite con implicazioni tipo: Prego, usa pure questa stanza per costruirti un futuro. Quando aveva voglia di suonare, io non avevo problemi a lasciargli usare casa mia.

Quella notte ero stanca morta, le ossa così a pezzi che mi ero messa sulla spalla un cerotto contro il dolore, quando fuori della finestra sentii un fievole suono di flauto. Era un segnale: mi infilai una giacca, aprii la tenda, e il bambino, Taizō, era lì fuori in piedi, il suo lungo flauto che brillava nella notte. Aprii la portafinestra che dava sul giardino, e lo feci entrare.

I lineamenti erano delicati, ma in confronto ad altri bambini della sua età che vedevo per strada, dall'aspetto più fine, era un ragazzotto un po' rozzo. Però suscitava anche tenerezza, perché faceva sentire che dedicava tutta la sua vita al flauto. Io gli dicevo spesso: "Vai presto a studiare all'estero, e impara anche un po' di stile. Se vai a Vienna, potrai girare un po', e divertendoti imparare tante cose, vedere i ristoranti europei eccetera".

"Dai, fammi usare la stanza del pianoforte" disse bruscamente.

Avevo voglia anch'io di bere un bicchiere prima di andare a letto, con il flauto in sottofondo, perciò lo seguii nella stanza del pianoforte. Mio padre e mia madre alle due di notte dormono già. Da quell'ora in poi, in quanto nottambula, sono padrona assoluta della casa. E anche se mi sarei potuta portare a casa indisturbata chiunque, con la vita che facevo, invitavo al massimo un bambino delle elementari.

Anche Taizō, giustamente, aveva sonno, e il suono usciva un po' appannato. A furia di bere sgranocchiando delle alghe coreane molto croccanti che mi ero portata per accompagnare il sakè, ero un po' brilla e stavo quasi per scivolare nel sonno quando il suono a un tratto si fece concentrato e meravigliosamente limpido. Pensai: Ormai cominceranno a succedergli diverse cose, e anche il suo modo di suonare cambierà. Però quella particolare caratteristica del suo suono, quel senso di "vorrei essere amato da qualcuno" e nello stesso tempo la mancanza di qualunque civetteria, non cambierà mai, per tutta la vita.

"Io vado a dormire, tu continua pure quanto vuoi" dissi, arrivata al limite del sonno.

"Ma se nessuno mi ascolta mi annoio" rispose lui.

"Allora facciamo domani, oggi non riesco più a tenere gli occhi aperti" dissi gentilmente, uscii dalla stanza e mi diressi verso la mia camera.

Taizō, riluttante, chiuse il flauto nella custodia e mi seguì. Ogni volta che riponeva il flauto, lo puliva con cura usando un panno, lo lucidava, e con gesti delicati lo adagiava dolcemente nella custodia. Era lo stesso modo di fare che mio padre usava quando maneggiava *yuzu* e taro. Guardarlo mi piaceva.

"Ciao allora" dissi aprendogli la porta della veranda, ma a quel punto lui mi abbracciò. Da qualche tempo avevo una vaga sensazione che stesse per accadere qualcosa del genere.

"Quando sarò più grande, lascia che ti sposi" disse lui.

"In realtà volevi dire 'lascia che ti scopi', no? Ma se il pisellino ancora non ti si drizza e non ti sono neanche cresciuti i peli!" dissi.

Aveva appena dodici anni.

"Non penso che avrei problemi" disse, e mi spinse verso il pavimento.

Un ragazzino delle elementari, pensai, questo è un altro manga!

"Ci penserò tra una decina di anni, adesso scordatelo"

dissi, e gli strinsi la testa come facevo quando era piccolo. Aveva un odore di erba secca.

"Ho capito" disse lui con aria scontenta, ma cercò di circondarmi la testa e mi accarezzò lievemente i capelli. È così piccolo ma è già un uomo, pensai, provando una lieve scossa. Visibilmente duro sul davanti dei pantaloni, si staccò e si allontanò senza voltarsi. Poverino, pensai. Farlo venire a letto e cercare di darmi da fare sarebbe stato semplice, ma troppo pesante. Non me la sentivo proprio di contenere, con la mia povera spalla incerottata, quella enorme quantità di energia che aveva da parte, e che gli sarebbe servita per girare il mondo, diventare un tipetto alla moda e innamorarsi di tante ragazze.

Da allora, il signor Shinjō prese a venire quasi tutti i giorni.

E cominciò a chiedermi ogni giorno, con insistenza, di andare a trovarlo a casa sua e di cucinargli qualcosa. La mia collega, non essendo un problema suo, mi incitò: "Sposalo, e poi fatti lasciare tutto in eredità!". Io obiettai: "E se poi vive fino a novant'anni, come la mettiamo?". Al che lei rispose ridendo: "In quel caso assumi me come cameriera, così viviamo insieme e ci divertiamo un sacco. Basta che mi fai dare un buono stipendio, eh!".

Quella notte, faceva un freddo terribile.

E inoltre la sera prima mio padre si era arrabbiato furiosamente con me, quindi ero un po' giù. Mentre ero presa dal gran daffare, il riso già preparato in una scodella si era raffreddato, io senza accorgermene l'avevo servito, e il cliente aveva detto: "È freddo", mostrandosi molto seccato. Ogni tanto mi succede di fare grossi errori come questo. Quella mattina mia madre mi aveva detto: "Sei stanca, oggi vado io al ristorante, tu pensa a riposarti". E così era andata a lavorare al posto mio, anche se non si sentiva bene per colpa della menopausa.

Io non sono assolutamente gelosa, ma mio padre e mia madre si somigliano di aspetto, e anche le cose che realizzano sono molto simili. Quando sono insieme al ristorante, si crea un'armonia impensabile quando ci lavoro io. Si crea un bellissimo ritmo. Non si interrompe mai, nemmeno se litigano. Quando lo vedo, mi capita a volte di sentirmi un po' fuori posto. E ogni volta che provo questa sensazione, spunta in me una specie di impazienza: il desiderio di avere un mondo solo mio, di avere un compagno solo mio.

Quella sera in cui mi ero ritrovata improvvisamente libera, poco prima di smontare dal lavoro nel club, era venuto il signor Shinjō a prendere il tè.

E quando uscii dalla porta di servizio per andarmene, lo trovai lì che mi aspettava. "Andiamocene insieme" disse.

Mi tese il braccio, e quando vi misi il mio, sentii un odore più familiare e antico di quello di mio padre o di mio nonno.

E così pensai con molta forza: Come Taizō non può essere che un sostituto di un uomo adulto che mi ama, così il sentimento di questo signor Shinjō che mi segue non si avvicina nemmeno lontanamente all'amore immenso e insostituibile che provava per la moglie che ha perso.

Provai a pensare a cosa sarebbe successo a mio padre se avesse perso la mamma, e lo immaginai facilmente. Probabilmente avrebbe cercato di distrarsi con un'infatuazione per una donna giovane, più o meno della mia età.

La casa dove viveva il signor Shinjō era davvero piccola.

Solo il giardino era grande, ma la casa in sé era poco più grande di un ripostiglio. Accanto alla casa c'era un deposito vero. Fu quello che il signor Shinjō mi fece vedere per prima cosa. Forse non c'erano cose di grande valore, ma era pieno di oggetti di tutti i tipi, conservati con molta cura, e non si sentiva odore di polvere né di muffa. Sembrava di vedere il tocco gentile della moglie che si occupava di quelle cose con tutto il suo amore.

Dentro casa, si sentiva molto la tristezza per la sua assenza. Non era sporca, ma da alcuni dettagli si percepiva una sensazione di indescrivibile malinconia e abbandono. Era come se la casa avesse perso la sua anima.

C'era un gatto che poltriva.

"Non so perché vivo con questo ammasso di peli, ma se lo chiamo mi risponde e ci vogliamo bene, buffo, no?" disse il signor Shinjō, e in quel momento mi accorsi davvero dell'odore di solitudine che riempiva la casa e che sembrava dovesse farla esplodere. Capii che era stata quella solitudine incurabile a spingerlo fino al punto di abbordare le ragazze giovani nel club facendo vedere il suo libretto bancario.

Nella cucina, dove il vetro della finestra era rotto da chissà quanto, c'era un bottiglione vuoto di sakè che rotolava sul pavimento. Nel lavandino c'erano diversi bicchieri nei quali probabilmente l'aveva bevuto. Gli alberi del giardino trascurati, troppo cresciuti, avevano completamente invaso il vetro della finestra e ogni volta che soffiava il vento facevano un rumore, insieme sibilante e frusciante, di una tristezza indescrivibile. Era un suono che risuonava dolorosamente nel petto, come il suono di cui si parla in quella fiaba, che fa pensare al piccolo storno rimasto orfano: La mamma è tornata!

Facendogli compagnia mentre beveva, gli preparai dei semplici *ankake nikomi udon*. Anch'io mentre cucinavo bevvi e finii con l'ubriacarmi completamente.

"Ti prego, spogliati, mi basterà solo guardarti" mi chiese con insistenza.

Un po' distrattamente mi spogliai, e per di più finii con l'andarci a letto. Cioè a letto con un uomo più vecchio di mio padre. Arrivata a quel punto, anni o non anni importava poco, ma in ogni caso portò a termine l'impresa. "Quello che è successo oggi non si potrà ripetere, presto potrei sposarmi" dissi io, ma lui, ignorando i miei discorsi, disse:

"Mi è bastato che tu mi abbia lasciato stare con te oggi. La mia realtà è che potrei morire anche domani, e non ho intenzione di ostacolare il tuo futuro. Mi basterà essere accolto ogni tanto al ristorante di tuo padre, vederti al mio club, e magari fare ancora una volta o due quello che abbiamo fatto oggi".

Capii che era sincero. Sentivo che ormai per lui il desiderio di morire era più forte del crudo desiderio sessuale o del bisogno di ottenere quello che voleva dagli altri. "Non vorrei fare una morte vergognosa, correndo appresso a una giovane donna, ma non mi interessa nemmeno fare una morte onorevole" disse il signor Shinjō. "Se succede una cosa come questa, anche se è solo un'illusione, ne sono felice. Ma non sono così stupido da attaccarmici."

Per farmi portare a casa, chiamò una macchina con autista, ma io mi feci lasciare un po' prima.

Appena scesi mi colpì un forte soffio di vento del Nord, e mi chiusi il davanti del cappotto. Le gambe e la nuca erano ancora calde della passione di lui.

Ma che razza di vita sto facendo? pensai.

Adesso papà e mamma saranno in piedi nel ristorante al colmo dell'animazione. Non sarà che sono innamorata di mio padre? mi chiesi, tentando di risolvere il problema semplicemente, affidandomi alla psicologia, ma sapevo che non era così. Per questa situazione, avevo delle responsabilità. Se venivo lasciata in continuazione da uomini della mia età che pensavano seriamente al matrimonio, una ragione doveva esserci, no? Cercavano donne più esperte? Io ero troppo sciatta? No, non era nemmeno quello... mentre pensavo a queste cose, camminavo. Certo, c'era qualcosa di irreparabilmente distorto.

Ero ormai arrivata a un santuario shintoista del vicinato, dove andavo sempre per la preghiera di Capodanno, e nell'oscurità, un po' barcollante, penetrai nel recinto. Oltre il piccolo *torii* rosso nascosto dall'ombra degli alberi, c'era una vecchia e lunga scalinata di pietra. Salii per quei gradini ricoperti di muschio che luccicavano e raggiunsi il tempio principale.

In fondo al tempio era tutto buio, e non si vedeva niente. La sagoma del tetto, appuntita, sembrava tremare al vento. Gettai le monete in offerta e con le mani fredde diedi una scossa al cordone intrecciato di un bel colore, e nel buio risuonò forte e gentile il suono della campana. Poi, dopo aver fatto due inchini, battuto due volte le mani, e fatto un altro inchino, feci la seguente preghiera:

"Basta con i bambini e con i vecchi, vorrei trovare un compagno dell'età giusta, anche se il cammino dovesse essere lungo".

Alzai lo sguardo verso l'alto, e tra le ombre scure dei rami degli alberi, vidi moltissime stelle che brillavano.

Siccome ragionare più profondamente mi sembrava di una difficoltà insuperabile, decisi di non ragionare più, e poi ormai pregando avevo affidato i miei sentimenti agli dèi, perciò anche per tutto il resto avrei lasciato fare a loro, che sia quel che sia... e così pensando, scesi la scalinata affrettandomi verso casa.

GLOSSARIO

Amazake: sakè dolce a bassa gradazione alcolica.

Ankake nikomi udon: *udon* cotti in un brodo addensato con fecola ricavata dal *kuzu* (*Pueraria lobata*) o dal *katakuri* (*Erythronium japonicum*). Nella cottura vengono aggiunti altri ingredienti come uova, porri ecc.

Dorayaki: dolce formato da due strati di pancake ripieni di marmellata di *azuki* (fagioli rossi).

Futon: l'insieme di materasso e trapunta che costituisce il "letto" tradizionale giapponese. Il *futon* si stende direttamente sul pavimento e di giorno viene piegato e riposto negli appositi armadi.

Kairo: scaldino portatile.

Konsai: radici commestibili di diversi tipi di ortaggi.

Mama: proprietaria o gestrice di bar dove oltre a servire cibi e bevande si dedica particolare cura all'intrattenimento dei clienti.

O-bentō: colazione da consumare a scuola, in viaggio, a teatro, sul posto di lavoro ecc., contenuta in appositi recipienti di legno laccato o plastica.

Rāmen: tagliatelle cinesi di farina di frumento in brodo.

Takouinnā: würstel tagliati in forma di polipo, usati soprattutto negli *o-bentō* per il loro aspetto decorativo.

Tatami: unità base del pavimento tradizionale giapponese di misura standard (90 x 180 cm ca.) composta da una stuoia fissata su una cornice di legno e ornata da un bordo di passamaneria.

Tenpura: piatto misto di pesce, verdure, alghe, funghi ecc. passati in una pastella e fritti in olio.

Torii: portale posto all'ingresso di un santuario shintoista o di un luogo sacro. Ne esistono numerosi stili e versioni. Nella forma più diffusa è costituito da due pilastri riuniti in alto da due barre trasversali. In genere è di legno, dipinto in rosso e nero.

Tsukemono: verdure conservate con sale (o, in alcuni casi con sakè, aceto o altri ingredienti), sono una delle principali componenti dei pasti giapponesi e si mangiano in genere accompagnate dal riso bianco cotto al vapore.

Udon: pasta di farina di frumento di vario formato. Il tipo più usato è simile a grossi spaghetti.

Yuzu: piccolo agrume di colore verde, di aspetto simile al lime, usato per il profumo fresco e il sapore agro in molti piatti.

INDICE